三春タイムズ

長谷川ちえ・shunshun

信陽堂

はじめに

東京から三春町《みはるまち》へ移住をして今年で五年が経ちます。この間に町で出会った季節の行事や日々のできごとに、美しい自然の景色や食べもの、そしてあたたかな人たちとのやりとりは、何もかもが初めてづくしの新鮮なことばかり。

移住をして間もない頃は、町にないものを数えるよりも、あることに目を向けて楽しもうと思って過ごしていました。そうしたら本当にたくさんのおもしろい出来事に遭遇したり、やさしく美しい景色が目の前に広がったり。それでも私が知らないことはきっとまだまだ山ほどあるのでしょう。興味が尽きない町だなぁと五年経った今でもしみじみ思いますし、本当の豊かさとはこんなことではないだろうかとも感じています。

二十四節気の暦の流れに沿って書き留めた風景や生活、そのことをきっかけに思い起こされる私の幼い頃の記憶などは、誰かの日々の暮らしとも重なることがあるかもしれません。そこで世界が広がったり、ホッとしたり。足元にあるささやかな幸せのようなものを共感できたら。

「三春タイムズ」は、三春町にご縁がある方へ、そして知らない人にも季節のニュースをお届けするような思いでまとめたものです。福島県にある「三つの春」と書くきれいな名がつくこの町。一緒に散策しているような気持ちでページの歩みを進めて下さったら嬉しいです。

目次

二十四節気の日付は年々で変化します。
本書掲載の日付はこの原稿が書かれた
二〇二〇年のものです。

三春タイムズ

立春　二月四日――二月十八日

落花生

「鬼は~外！　福は~内！」

節分の豆まきはその家のあるじが行うものと、実家では子どもの頃から決まっていた。豆まきを始める頃には父は晩酌でほろ酔い。いい気分になっていて、家中盛大に豆を撒き、声もどんどん大きくなっていくのが子どもながらに恥ずかしかった。

実家を離れて東京でひとり暮らしを始め、晴れてあるじとなってからは「一人で狭い部屋に豆まきをしてもねぇ」と、申し訳程度に炒り豆を食べるか豆料理をするかで、豆まきをすることはなくなった。実家の隣り近所の家からも、声が聞こえてきていたなぁなんてことを思い返しては、懐かしがってもいた。

夫と三春で暮らすようになって三年目の節分の日。夕飯時の何気ない会話で驚かされた。

「ウチの実家の豆まきは落花生だったよ」

「えっ!?」

豆まきの豆は大豆と決まっているでしょう。落花生ってピーナッツではないか。鬼と一緒に絵本で描かれている豆だってまん丸だし、大豆以外のものを撒くという発想すら私にはなかった。しかも撒くのは殻つきのままだという。ちなみに夫は福島県の郡山市出身。私は落花生の産地、千葉県出身だけれども実家のあたりでは聞いたことがない。

「いやいや。あなたの実家だけでしょう?」

翌朝
広い駐車場に
ポトリと
落ちていた
落花生

011.

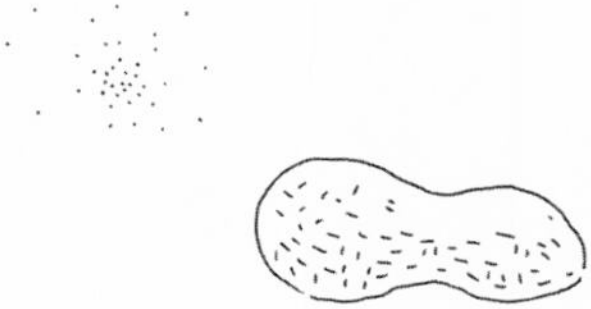

「立春」

「違うよ。節分に殻つきの落花生を撒く家は多いと思うよ」

「またまた〜」

三春に暮らし始めて数年が経っていたが、それまで聞いたことがなかった。その日の会話は半信半疑のまま終わった。いや、半分以上はその話を疑っていた。

翌朝、駐車場へ行くと、殻つき落花生がポトリと落ちていた。当時住んでいたのは、三春の定住者向け集合住宅で、目の前は世帯数の車が停められるような広い駐車場になっていた。どこかのご家庭で豆まきに使われた落花生が「鬼は〜外！」の声とともに、開け放った窓から勢いよくポーンとひと粒、外へ飛んで行ったのだ。

「えっ!?」

ほらねと言わんばかりの夫の得意顔。この辺りでは落花生が一般的なんだろうか？　落花生を殻つきのまま撒けば後で見つけやすいし、拾って殻を剝けば食べることもできる。落花生を育てている農家も多いからということもあるらしい。理由を聞けば納得することばかりだけれど、何十年も信じて疑わなかったことが、一夜にしてあっさりと崩れ去ってしまった。

確かに父が盛大に撒いた大豆は、どんなにしっかりと掃除をしていても、忘れた頃にひょっこり部屋の隅の方から顔を出していた。まん丸のままならまだしも、グシャリと踏み潰されていたりすると、それも厄介だった。その点、殻つき落花生なら掃除で困ることもないだろう。それに食べ物を大事にするということが何より。妙に納得してこれからは我が家でも殻つき落花生をあるじに撒いてもらおうと決めた。

落花生といえば、茹で落花生にして食べる機会が増えたのも三春に移り住んでからのこと。それまではもっぱらカリカリの炒り落花生。茹でて食べる文化は実家では皆無だった。

野菜とパンのお店「えすぺり」で販売している生落花生を食べてからというもの、茹でて食べるのが今では当たり前のようになっている。その落花生は、高齢になる農家のおじいさんとおばあさんが育てていて、乾燥させた後ひとつひとつ手で丁寧に殻を剥いているそうだ。こぶし二つ分くらいの量がビニール袋に詰められていて、その姿も美しい。それだけでも大切に育てられ、扱われていることが伝わってくる。

おいしい茹で方はえすぺりさんに教わった。

鍋に軽く洗った生落花生と、少し濃いめの塩分濃度（約二〜三％）の塩水を豆がしっかりかぶるくらいの量を用意して入れる。火にかける前に十五〜二十分ほど浸水させてから中弱火にかけて二十〜三十分ほど茹でる。味見？硬さを見ると称して茹でながら何粒もポリポリ。季節によって自分の舌の味加減も変わるし、落花生の乾燥具合で、茹で時間も微妙に違ってくるのがおもしろい。火から降ろして湯水を切らずにそのまま冷ませばさらに塩味は浸みていく。

熱々の茹でたてもいいし、冷めてからも止まらないおいしさ。小粒ながらその分、旨味がギュッとつまっている。

食べる福豆の数もそろそろ食べきれないほどに増えてきたお年頃。この茹で落花生のおいしさに出会ってからは、うっかり食べてしまいそう。

住まいも身体も福を呼び込み、さっぱりとした心地で翌朝がやって来れば、新しい季節の一日が始まる。

015.

「立春」

雨水　二月十九日——三月四日

凍み大根

「凍《し》みる」という言葉を聞いて、すぐに「凍」の文字が頭に浮かぶようになったのは最近のこと。三春で暮らし始めて間もない頃は、「沁・染・浸・滲……」と次々漢字を頭の中で並べてみるものの、どうも違うと察しがつき、ようやく「凍」の文字に行き当たるといった具合。いつもワンテンポ遅れていた。

凍みるというのは、厳しい寒さでものが凍りつくこと。そう教えてくれたのは、福島で出会った保存食だ。凍み豆腐に凍み餅。今では好物にもなっている凍み大根もそのひとつ。
はじめて凍み大根を食べたのはいつ頃だったか。福島県昭和村にある「からむし織の里」へ出かけた際に、食堂で食べた定食に添えられていた。一見、厚めの輪切りにした大根の煮物。きんぴらのように油で軽く炒めたものを甘辛く煮た一品だった。噛むと煮汁と大根の旨味がジュワッと口の中いっぱいに広がるが、食感は生の大根を使った煮物よりもずっとしっかりしていて、切り干し大根ともまた違う。決して派手さはない料理だけれど、その美味しさにひとり静かに感激し、帰りに食堂の方に「あれは何ですか?」と尋ねたほど。凍み大根というものが私の中に深く刻まれた。

「三春の里　田園生活館」の産直コーナーで凍み大根を見かけたときは内心小躍りした。販売される時期はその年の気候にもより、二月の終わり頃から三月の頭くらいと、ごくごく限られるようだけれど、家の近くで手に入るとは。さっそく自分なりの味付けで調理をしてみるが「ここ」という味のピン

018.

shimidaikon
凍み大根
2020
shunshun

三春タイムズ

019.

「雨水」

トがまだ定まらない。戻し方にもコツがいるのだろう。大根にもよるし、干し具合によっても違ってくる。でもそうやってあれこれとその年、その年の味を重ねて、気づかないうちに自分の味というものが出来上がっていくのでしょう。まだまだこれから。

好きなものはついつい続けて食べたくなってしまうもの。さてまた買い足そうと思う頃にはもう売り切れ。欲張りな食いしん坊は、翌年にはいよいよ自分で凍み大根を作ってみることにした。凍み大根の切り方は作る人によっていろいろだ。皮を剥いて厚めの輪切りにする人もいれば、縦に四等分、もしくは六等分のくし状に切る人もいる。どちらも切った大根に紐を通すための穴を開け、干し柿のように軒下に吊るす。その際も切ってそのまま干す人、水に晒してから干す人がいる。私がご近所の方に教えてもらった方法は、一度茹でこぼした大根を一晩流水に晒してから干すというもの。そうすることで白くきれいに仕上がり、保存していても黒ずむことが少ないのだそう。でも何よりも大事なのはしっかりと凍みさせること。できれば氷点下が続く日に干し始めるのがいいらしい。そうなってくると作業は天気予報とにらめっこ。厳しい寒さと乾いた空気を見極めるのが、美味しく仕上げるための何よりのコツということだ。

私は輪切りにした大根に穴は開けずに、茹でこぼしてから水に晒し、ホームセンターで購入した、乾物を作るためのネットに並べて干すことにした。もっとたくさんの量を干すには、やはり穴を開けて紐を通すのが一番だが、ビギナーは少量からまずは実験。その作業だけでもワクワクする。

初めて干したその日の晩は、ちょうど氷点下まで気温が下がった。翌朝にはさっそく凍みた大根が陽に照らされキラキラと輝いて、それが積もりたての雪のようで見惚れてしまった。それまではカラリと乾燥しきった姿しか見たことがなかったからなおさらのこと。

凍みて、溶けて乾燥してを繰り返し、ゆっくりじっくり冷たい空気に晒されて一ヶ月くらいカラカラになるまで干せば出来上がり。私の作業は大根を切って干すというだけで、手間というほどのものでもなく、ただただ厳しい寒さが美味しさを育ててくれる、まさに自然の恵みそのものの力なのだ。

in-kyoにいらしたお客様と以前に凍み大根の話になったことがあった。「凍み大根は寒い時期に、あぁ、早く春が来ないかなぁって思いながら食べるの。だから凍み大根を食べてからでないと春がやって来た感じがしないのよ」

旬というものともまた違う。冬と春のはざま。それだけ春を待ち遠しく思いながら食べるという心持ちは、なんて豊かなのだろう。春を待ちわびる食。冬が長い北の地で暮らすからこそ、知ることのできる味わいがあるのかと忘れられない会話となっている。

また凍み大根に限ったことではないけれど、大好きなある料理人の方が、会話の中で、東北の冬の保存食のことを「家族への愛の歴史」という言葉で表現されていた。昔は今のように流通が発達していなかったし、東北の厳しい冬の間の食材は限られたものしかなかった。それでもそのあるものの中でいかに美味しく、家族のお腹と心を満たすことができるかを考え、工夫を凝らして生まれたものが今に受け継がれているのだと。

「凍みる」は凍りついてしまうだけではなく、雪解けのようにどこかあたたかく、じんわりと心にも沁みていくという意味も含まれているのかもしれない。

啓蟄　三月五日——三月十九日

日帰り温泉

陽の光が明るく柔らかい。

地中の虫も「おぉ春がやってきたのか」と這い出す季節。虫に限らず、春の気配を感じるだけで、人間もソワソワとどこかへ出かけたくなってしまうのは気のせいではないでしょう。

真っ白なコットンのギャザースカートに、リネンのコートをふわりと羽織って。首には明るい色のストールをくるくる巻けば、足取りもついつい軽くなる。が、三寒四温の言葉の通り、暖かいと思って油断をしていると、小雪が舞うほど寒い日もあり、そうやって一歩、一歩、本格的な春へと季節は歩みを進めていく。たとえ暖冬であっても、このくっきりとした温度変化には体もビックリしてしまう。なかなかこたえるものがある。そんな時に頼りになるのが温泉だ。

結婚がきっかけで三春へ移住をすることになったが、そもそも私が福島県を度々訪れるようになったのは、まだin-kyoも開店していない今から二十年ほど前のこと。とあるイベントで、福島市にある「あんざい果樹園」のご家族に出会ったのがはじまりだ。季節ごとの自然の美しさ、とびきり美味しい桃・梨・りんごが健やかに育てられている場所。何年にも渡って足を運んでいたのはそれだけではなく、何より安齋家の人の魅力に惹きつけられたということが、一番の理由に他ならない。それは私に限ったことではなく、同じように感じている人は他にもたくさんいるに違いない。

遊びに行くとよく温泉へ連れて行って頂いた。さっきまでお茶をしたり、

若松屋旅館と温泉の湯気

shunshun

026.

027.

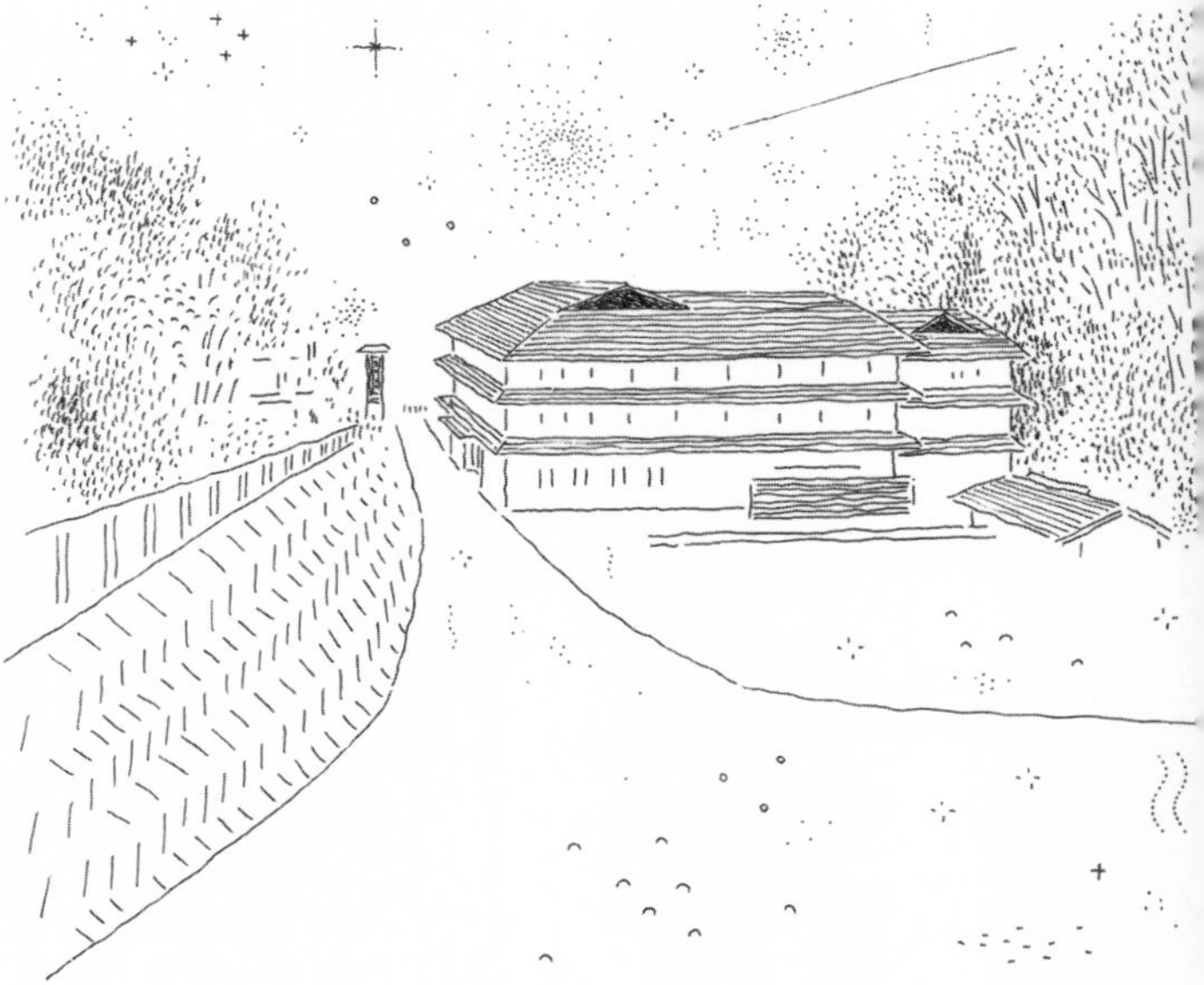

「啓蟄」

果樹園の仕事を手伝っていたかと思うと、不意打ちのように「じゃ、温泉行くよ！」と車にドタバタと乗り込んで温泉へ向かう。はじめの頃はお風呂の用意にモタモタしていたものだが、お陰で今では随分と準備も早くなった。今回はあの温泉へ、次はまだ行ったことのないあちらへ。

「温泉があれこれ選べるとは。なんて贅沢なことだろう！」

当時は安齋家に行く＝温泉。そんな風に思うくらい福島へ出かける際の楽しみのひとつにもなっていた。まさか自分がその福島で暮らすことになるとは、夢にも思っていなかったのだけれど。

三春町で暮らすようになって間もない頃は、町内の日帰り温泉へあちこち出かけてはよく利用していた。in-kyoからも歩いて行くことのできる若松屋旅館、三《み》ツ美屋《よしや》旅館。やわらぎの湯では岩盤浴もできる。レンガ壁の古い建物が目を引くぬる湯旅館の銭湯も風情があっていい。車で少し足を延ばせば、三春の里や斎藤の湯で小旅行のような気分も味わえる。シャンプーとリンス、タオルに小銭入れ。それに簡単な化粧道具といった温泉セットを小さな竹かごに入れて出かけるようにしている。いつかは三春のシルバー人材センターの方に竹で湯かごを編んでもらえたら。そんなことまで妄想を膨らませて。

張り切るように出かけていたのは、どこか旅行者に似た気持ちからだったのかもしれない。まだ知り合いがほとんどいない町の、新しい場所や出来事のひとつひとつが新鮮でたまらなかったのだ。

中でも若松屋旅館へは夫婦二人で、また東京などの県外から来た友人たちを連れて、今でもよくお邪魔している。温泉へと続く廊下を歩いていると、宴会場から賑やかな笑い声やカラオケの歌声が聞こえてくることもある。その様子にこちらまで宴に混ざったような楽しい気分にさせてもらっている。

フロントにはたいてい女将がいらして、いつもにこやかに出迎えて下さる。それはまだ名前すら名乗っていない頃からずっと変わらない。旅館というお客様相手の商売なのだからそれは当たり前だと女将はおっしゃるかもしれないけれど、私たちにとっては、引越しをして間もない頃からホッと安心できる場所を見つけられたような気がしていた。ほぐしてくれるのは温泉の効能云々だけではなく、やっぱり「人」なのだ。

東京から何度も訪れている友人たちは、女将とすでに顔見知りになっている。他所から移り住んで日の浅い私たちが案内をする場所ができ、友人たちもそこに自然と馴染んでいく様子を目にすることは、今までに味わったことのないなんとも言えない嬉しさがあった。嬉しさというか、芯からじんわりとあたためられるような気持ちというのか。

町で少しずつ少しずつ知り合いが増えていったのは、お店を始めたこともあるかもしれないけれど、何かと気にかけて下さった若松屋旅館の専務の存在が大きく、出会って間もない頃から垣根なく私たちに接して下さったお陰だと思っている。とてもお忙しい方で、旅館のお仕事以外にも、町やその他、私たちが知り得ることなどないたくさんの業務をこなし、幅広い人脈をお持ちだった。それでもせかせかしたところがなく、会うといつも楽しく穏やかな笑顔で、飲み会やバーベキュー、ライブのお誘い、in-kyoの十周年の際にはお祝いまでして下さって。

若松屋旅館のフロントで顔を合わせることは滅多になかったというのに、風呂上がりに油断をし、眉毛すら描いていないすっぴんの時に限って帰りがけに出くわすということが幾度かあった。あれ以来、眉毛くらいはササッと描かねばと、お風呂道具に加えているのに。

ほんのお礼すらできないままずいぶんと早く、しかも突然遠くへと旅立たれてしまった。ひょっとしたら長期出張で海外にでも視察旅行にお出かけなのかもしれない。そうであったらいいのにと、何度思ったことか。今でもそれくらい現実味がないままだ。

恩返しと言えるようなことは思いつきもしないのだけれど、私ができることと言ったら手紙のようにこの「三春タイムズ」を書き続けるくらいしかないのだろうか。

どこかで読んでいますか？

032.

ゆらゆら、ゆらゆら。
立ちのぼる温泉の湯気に乗って
手紙よ天まで届け。

033.

「啓蟄」

春分　三月二十日——四月三日

引っ越し

東京から三春へ引越しをしたのは三月の半ば。

「♪花嫁は〜夜汽車にのって〜とついでゆくの〜♪」

引っ越し当日、昭和生まれの私の頭にはそんな懐かしい歌が流れていたが、実際は夜汽車ではなく夫が借りたレンタカーの二トントラックに荷物を詰め込み、午前中の明るい陽の光の中、車で片道約三時間半の三春へと向かった。

そういえば二トントラックの助手席に乗るのはあのときが初めてだった。いつも乗る車よりも目線が高く、見える景色も少し違う気がした。車窓からの眺めがビュンビュンと過ぎ去っていくように、旅でもなんでもなく、この見慣れた風景から自分が離れていくという悲しさや寂しさといった実感が、目線の高さが変わったことで、どうにもわいてこなかった。道すがら、つらつらといろんなことを思い返していた。

引っ越しに際しては、自宅もお店も友人たちにお世話になりっぱなしだった。それまでもたくさん迷惑をかけてきた。足を向けては寝られない顔がいくつも浮かぶ。そこまでして、慣れ親しんだ人たちがいる土地を離れることを決めたからには、自分たちの暮らしというものを本気で楽しまなければ。

「泣き言は言えない、言わない！」

覚悟と言うほどの大そうなものではないけれど、大好きな人たちにしょぼくれた姿を見せてがっかりさせたり、心配させたりしたくなかった。強くもないくせに自然とそんな気持ちがわいてきたのだ。何の根拠も自信もなく「大丈夫、大丈夫」と、なぜかのんきでいられたのは、離れても今でも心の支えになってくれている友人たちのお陰でしかない。

036.

三春の in-kyo

shunshun

037.

「春分」

三春へ引っ越しをしてしばらくは、晴れの日が続いていたかと思えば、粉雪が舞い始める日もあるなど、まだまだ暖房が手放せず、肌寒かった。右も左もわからない上に、ペーパードライバーで車の運転もしないものだから、まるで入学したての小学生が道を覚える練習でもするかのように、自宅の周辺やin-kyoの近所をひたすら散策していた。

気になるお店でおまんじゅうを買ったり、神社の鳥居を見かけて急な階段を息を切らしながら登ってみたり。図書館で町についての書籍を閲覧したり、お祭りなどの行事のポスターも見逃さないようにして。寄り道ばかりの散策は、地図にひとつひとつ印をつけていく作業のようでもあり、そうやってどこか旅行者に似た感覚を持ったまま、私たち夫婦の三春での暮らしは始まった。

目にするもの、耳にする音、空気、自然のうつろい、言葉、出会う人。はじめて暮らす土地では、何もかもがはじめてで新鮮なことの連続。あの頃は全方位に神経を張り巡らせていたのかもしれない。その一方で私はただただ、飽きもせず広い空をぼんやりと見上げてばかりもいた。

「あぁ。今、この広い空の下で暮らしているんだな」と。

そう思ったのは、知っている人がほぼいない土地で暮らす寂しさが少なからずあったからだろうと思う。でもどちらかというと、自分が点ほどのちっぽけな存在なのだということを、あらためて確認することができ、不思議とどこか解放されたような、自由でいられる清々しさのような、そんな感覚を味わっていた。空の広さはどこにいても、誰にでも公平にあるはずなのに、ここへ来てやっとそのことを実感したのだ。


三春という土地の名前は、梅・桃・桜の三つの春が同時に訪れることが由来だと聞いている。早い年だと三月末頃には梅が咲き始め、バトンを渡すかのように桃の花が色を添え、四月に入れば見事なまでのしだれ桜やソメイヨシノが蕾をほころばせる。ついこの間まで枯れ木のように見えていた山の木木が、いつの間にかふんわりとやわらかく、ほのかに頬を染めるような表情になっていく。「山笑う」とはまさにこんなことなのだろうという景色が目の前に広がるのだ。あちらの山も、こちらの山も。ふわふわ、ふわふわ桜色に包まれて。その美しさを見逃すまいと、躍起になって写真を撮ったりするものの、自分が実際に目にしているその景色には到底及ばず。桜が散り始めて寂しいなどと思っているのもつかの間、今度は山桜や八重桜が咲き始め、山吹の黄色も加わり、賑やかになっていく。そうかと思えば日に日に濃くなっていく木々の緑に、鮮やかな色のツツジや控えめな姿がやさしいウワミズザクラの白い花、藤や桐の花の紫へと色は様々に変化して。その頃になると田んぼに水が入り、カエルのケロケロと軽やかな鳴き声が聞こえてきて、目も耳も嗅覚も、くっきりとした輪郭を捉えることができるのだ。

自然の美しさ、殊に春の訪れにこんなにも自分が心動かされていることにハッとさせられる。それは移住をして数年経った今でも変わらず。毎年すっかりと忘れて、この先もずっとはじめて目にした時のように、新鮮な気持ちで春の訪れの景色に出会いたい。ここで暮らし始めた季節が、一年の始まりとなる春で良かったと思っている。

一

清明　四月四日——四月十八日

桜

三春には日本三大桜のひとつ、そして国の天然記念物にも指定されている「滝桜」がある。四方に広げた枝から薄紅色のベニシダレザクラの花が、流れ落ちる滝のように咲く姿からその名がつけられ、江戸時代には三春藩主の御用木として保護されていたそうだ。推定樹齢千年を超える巨木の迫力、そして満開の頃の見事な様は、藩主でなくとも思わず扇をサッと広げて「あっぱれ！」と叫びたくなるほどの素晴らしさ。

移住をした年の四月。滝桜の開花宣言を耳にして、これは見に行かなければと夫と張り切って早起きをして出かけたことがある。近くにお住いの方だろうか、早朝の散歩がてらといったのんびりした様子の人がぽつりぽつりといるだけで、人もまだまばらな時間。

斜面に根を張る滝桜に沿って、ぐるりと囲むように整備された遊歩道を登りきると、背後にはずらりと並ぶソメイヨシノが咲きほこり、滝桜を見下ろすようなかたちになる。見下ろすと言っても、巨木との距離感がうまくつかめない。それだけ大きいということか。滝桜の足元には菜の花の群生。そして遠くに見える山は春霞が立ちこめて、明けきらない空にまで桜の花びらのような色が広がる。

あの世？　極楽浄土？　というものは、こんな景色なんじゃないだろうかと思えるほど幻想的。「春はあけぼのやうやう白くなりゆく山際……」という枕草子の冒頭も、こんな景色を見れば、暗記などせずとも、きっと忘れることなどないだろう。

044.

三春タイムズ

045.

「清明」

しばらくぼんやりと眺めていたら、じんわりと涙が滲んできた。

「こんなに美しい景色を見せてくれてありがとう。千年以上も花を咲かせてくれてありがとう」

滝桜に向かって手を合わせ、心の中でそう叫んだ。なんというか、木そのものが神様のようで、思わず自然と手を合わせたくなるような力強さと優しさが滝桜にはある。


三春町内にはこの滝桜以外にも桜の木が一万本以上あるというから驚いた。そのうち樹齢が百年を超えるしだれ桜が七十本。桜の季節に全部を見ようと思っても、見きれない。いや、全部を見ようと思ったら何年かかるのだろう。これだけ数があると、地元の方に尋ねれば、「私のお気に入り」という桜をたいてい一本か二本は（いや、もっと？）教えて頂ける。

お城山へ向かう中腹にある浪岡邸内のお城坂枝垂れ桜は、町内でも咲き始めるのが早く、坂を登って桜を眼下に、周辺を見渡す感じも清々しい。息を切らしながらさらに頂上へ向かうと、坂道沿いに立ち並ぶソメイヨシノも見ることができる。お城山を下ってすぐ近くの、歴史民俗資料館の桜が満開になると、河野広中《こうのひろなか》（三春藩士・自由民権運動家）の銅像もどこかやわらかな雰囲気で、桜をバックにまるでダンスでもしているかのよう。

福聚寺《ふくじゅうじ》の境内では、しだれ桜とソメイヨシノがお出迎え。墓地にカメラの三脚を構える方々がいても、その様子すらどこかのどかで、ご先祖様たちもワハハと笑って一緒に桜を愛でているような、なんとも寛大で平和な風景だ。白い塀に囲まれた法華寺の桜。里山の風景が眼下に広がる高台にある光岩寺の桜。

法蔵寺の桜は境内で見るのももちろん素晴らしいけれど、in-kyoの裏手の桜川沿いに入り口がある、不動山散策路を登りきったあたりから見ると、お寺を囲むように咲く桜色の見事なグラデーションと、晴れた日には遠くに安達太良山《あだたらやま》を望むこともできる。

昼間の様子とはまた違い、しっかり防寒をして見るライトアップされた桜もいい。常楽院のしだれ桜は妖艶でゾクッとするほどだ。

ソメイヨシノなら王子《おうし》神社。ほぼ貸切で、童心に返ってブランコに揺られながら、鳥の鳴き声も耳に心地良い。すーっと深呼吸をするとさくら餅のような春の香りに包まれる。田村大元《たいげん》神社の石段の上にアーチをつくる桜の花を透かして見る空の様子はまばゆい。

八幡《はちまん》神社は四月に行われるお祭りの頃と重なると、夕刻に提灯が灯され、明かりに照らされた桜の色気と、ゆらゆら揺れる提灯の灯りが、まるでキツネの嫁入りのようでもある。

三春に暮らし始めてからの、ここ数年の桜の記憶をかき集めただけでもこれだけあり、まだまだ目にしていない桜、気づかぬうちに目を喜ばせてくれている山の桜などもあるのだから、もう参りましたというしかない。

どれもそれぞれに良さがある。甲乙などつければ野暮の骨頂、バチが当たりそう。それでもあえて「私のお気に入り」は？　と聞かれれば、以前に住んでいた集合住宅から歩いて数分の場所にある「八《や》十《そ》内《うち》かもん桜」を挙げたくなる。どことなく滝桜に枝ぶりが似ているが、こちらは推定樹齢が三百五十年。それでも存在感は十分だ。桜の足元には菜の花ではなく、野の草花。ふきのとうがピョコピョコと顔を出しているそんな様子も親しみやすく、その頃の私にとって一番身近なお気に入りの桜だった。

　かもん桜の真正面にはベンチがあり、朝早くに行けばたいていは貸切。集合住宅に住んでいた頃は、二人分の簡単な朝ごはんを作って漆のお弁当箱に詰めたものと、何か甘いもの、そしてコーヒーをポットに入れ、いそいそとかもん桜のベンチへとよく出かけていた。すぐ近くにはバイパスが通っているという場所なのに、それも遠くの喧騒。野鳥のピーチクパーチクといったさえずりの合間に、ウグイスのホーホケキョという鳴き声も混ざって、なにやら朝のごあいさつなのか、井戸端会議のようなものなのかが繰り広げられている。そこで朝ごはんを食べて、食後にはコーヒーと甘いもの。ハラハラと花びらが舞う散り際だって心奪われる。ずっとそこで過ごしていたいと思うほど、居心地の良いうららかな春のひととき。なんてことはないささやかなことだけれど、これが幸せでなくて何を幸せというのだろう。

かもん桜を見に行くには、今の家からだと車で向かうしかなくなった。少し寂しくはあるけれど、今は今の身近な桜を愛でるとしよう。自宅の縁側からは、借景のしだれ桜が見える。それがこれから「私のお気に入り」となるのかもしれない。

しだれ桜の枝先が次第に紅色に染まっていくと、木全体にまで色を帯びていくように感じられる。開花と聞くと、ソワソワを通り越して焦ってしまう。あちらの桜、こちらの桜とキョロキョロしながら自然と口角も上がってくる。町行く人もどこか足取りが軽く見えるのは気のせいかしら。

梅・桃・桜の三つの春が出揃うと、三春に本格的な春がやって来る。

051.

「清明」

—
穀雨　四月十九日――五月四日

ツバメ

仕事場に向かって道を歩く私の横を、スーッと素早く小さな黒い影が通り過ぎていく。その影を追って空を見上げればツバメの姿。電線にとまって、こちらに何かを話しかけるようにチュピチュ、チュピチュ、キュルルルーと鳴いている。

「おはよう」

私はよく何かにあいさつをする。春先には姿が見えなくてもウグイスの鳴き声に向かって、風にそよぐ草花や木々、のんきに道路を渡る野良猫にも。

声に出してもそもそも歩いている人が少ないので、近くに人がいてギョッと不審がられることがないのがありがたい。自然との小さなやりとり。子どもの頃にはあたりまえにやっていたことを、三春で暮らすようになって数十年ぶりに思い出させてもらっている。

暦の七十二候（二十四節気をさらに五日間ずつの三つの期間に分けたもの）によると、清明の初候に「玄鳥至《つばめきたる》」とあるが、暦とはよくできているもので、毎年その頃になるとツバメがどこからともなくやって来る。朝のあいさつを気に入ってくれたのかどうなのか。その辺はわからないが、ツバメがin-kyoの軒先にちょくちょくやって来るようになった。はじめは近くの電線から様子を窺うように。そして一日、また一日と通いながら巣作りをするための場所をチェックするようになったのだ。

昔からツバメが玄関先に巣を作ると縁起が良く、商売が繁盛するといわれ

054.

三春タイムズ

ている。実家が自営業を営んでいたこともあって、そのことは幼い頃から聞かされていた。残念ながら実家の玄関先にツバメが巣を作ることはなかったが、確かに近所にあった人気のお団子屋さんの軒下には毎年ツバメが巣作りをしていた。

「in-kyoにもどうぞ作って下さいな」

この言葉が届いたのかもしれない。やがてツバメはin-kyoの入り口にある大きなガラス窓の縁を、ちょうど土台になるように利用して巣を作り始めた。真下は花壇。雛が万が一落ちたとしても、クッションになりそうなハーブがワサワサと育っているから安心だろう。少しずつ少しずつ、巣の材料になるものを小さな体でせっせと運んで、上手に外壁を仕上げていく。あっという間に巣が出来上がったかと思うと、今度はどうやら卵をあたためているようで、ピンとした尻尾が、巣からはみ出しているのが見える。ツバメの卵は一体何日くらいで孵化するのだろう。あまり覗いては警戒してしまうだろうと思いつつも、朝の窓拭きの時も、店内からも、毎日毎日その様子を窺うのが楽しみでこちらまでソワソワしてしまう。これではまるで我が子の出産のようではないか。そして頼りない小さな声がピィピィと聞こえてくる日がやってくる。

in-kyoに限らず、三春の町内にはツバメが巣を作っているお店やお宅を多く見かける。お隣りの「一久屋商店」には、毎年入り口にあるライトのまわりにぐるりと展望台のような巣ができる。電球のあたたかさが程よいのかもしれない。さらにシャッターの内側にある場所だから雨風も防げるし、外敵から守ることもできて好都合なのだろう。それもご主人はわかっていて、ツバメの巣ができる頃になると、お店が休みの日でも親ツバメが行き来できるようにと、シャッターを閉めきらずに少しだけ上げている。そんなやさしさがツバメの中でも評判なのか、シーズンに二度巣立ちを見ることができるほど人気の物件だ。

シャッターに丸い穴のある空き家は、以前は何かご商売をされていたのだろうか。いつも前を通るたびに「あの穴は一体なんだろう？」と気になっていた。するとあるとき、ツバメがその穴に入って行くではないか。家主が不在となっても、ツバメはちゃんとその気遣いがわかっているのだ。それぞれの事情で巣を取り払われてしまう場所もあるけれど、巣はそのままに、フンを避けるために紙を敷くなどの気遣いがされた玄関先もあり、その景色に心が和まされる。場所の条件に合うように工夫された巣の形は個性的で、まるでツバメの住宅展示場でも見学しているようでおもしろい。

ツバメのつがいは雛がかえると、エサを求めては飛び去り、見つけては雛の元へ帰ってきて、甲斐甲斐しく子育てをする。雛たちも親鳥が巣に戻ってくると、ピピピピ！　と巣から頭を出して大きな口を開け、我先にとエサをせがむ。親ツバメが、日が暮れると巣の側で雛たちを見守るように寄り添って、そのまま眠りにつく姿も微笑ましい。そしてまた朝になれば、忙しなく行き来を繰り返すのだ。

in-kyoを始めたその年だったろうか。ポカポカ陽気で入り口のドアを開け放って営業していたら、スーッと燕尾服姿のご来店。親ツバメが店内に紛れ込んでしまったことがある。こちらも慌てたがツバメの方も異変を感じたのか、外へ飛び出そうと慌ててガラスに向かって体を何度も打ち付けた後、ようやく外へ。電線に止まってけたたましく鳴きながらこちらを見ている。

「怒っているでしょうけれど、もう入ってくるんじゃないよー」

またある年は、そろそろ巣立ちという頃に雛が一羽、上手く飛び立てずに巣から花壇へ落ちてしまったことがあった。他の兄弟たちはチチチと威勢良く飛び立って、近くの電線に止まったり、飛び立てなかった一羽を誘うように近くを旋回。母親だろうか、何度も何度も近くまでやってきて、飛び方を教えるようにパタパタと翼を広げて見せた。雛も真似るように小さな羽を一生懸命バタつかせるが、低空飛行でまた花壇へ落下する。私は近くで見ていても何もできず、ただただ見守るばかり。日が暮れて辺りが暗くなると、親ツバメも仕方なくといった様子で姿が見えなくなってしまった。花壇にいるはずの雛は、無事に飛び立ったのか。あくる朝にはもうそこにはいなかった。元気でいることを願うほかない。

毎年小さなドラマが生まれ、何の予告もなく巣立ちという寂しくも、喜ばしい別れがやってくる。そしてまた翌年、約束でもしたかのようにツバメはどこからかやって来て、以前の崩れかけた巣を補修して新しい住処をこしらえる。地図などないのに、考えてみたら不思議なことだ。今年もまた巣立ちを見届けることができるだろうか。青空のキャンバスに、そろそろツバメの黒い点が模様を描き始める。

立夏　五月五日――五月十九日

愛宕神社

「いち、に、さん、し……」

愛宕《あたご》神社の本堂へ続く急な石段。何度も上っているけれど、一体何段あるのだろうと数えてみることにした。鳥居をくぐり、はじめは足取りも軽く上がっていたけれど、七十五段あたりから一段一段がきつくなっていく。運動不足がたたっているのか体が重い。ゼーゼー言いながら、それでもどうにか数えながら登りきった石段は百三十四段。

数を数えるのに集中してしまうと、足元しか見ていないことに気づく。足元にもスミレやタンポポが咲いていることで和まされるが、途中足の運びを止めて見上げれば、新緑の季節にはまるで緑のトンネルのような景色に包まれる。暗闇ではないトンネルの先に見えるのは青空と光。「緑と光の階段」と私が密かに名付けたその景色に、毎年出逢うことを楽しみにしている。

本堂を目の前に「ふーっ」と深呼吸。乱れた呼吸を整えてまずは参拝。天気のいい日を選んで行っているからかもしれないけれど、ここはいつも静かで気持ちがいい。心がいつの間にかなだらかになっている。鳥の鳴き声や草木のざわめき。耳に届くのはそうした自然の音だけ。自分の気配を消すようにして、そこにただただ立っているだけで、景色の中に溶けていくような感覚が心地良い。

境内にある大ケヤキには、人気《ひとけ》がないのをいいことに、参拝でもするようにいつも両方の手のひらをあてて充電させて頂いている。誰かが見たらかなりあやしい姿かもしれないが、これは好きな木があったらぜひおすすめしたい方法だ。木のエネルギーを奪い取ってしまうのではなく、鳥や虫が木に止

062.

三春タイムズ

063.

「立夏」

まってひと息つくように、ちょっとひと休みさせてもらうような感覚で。触れているだけで、人もこの一部に過ぎないのだなぁと思わされる。

愛宕神社は、in-kyoから歩いてほんの数分。中町《なかまち》と呼ばれる字町内の氏神様にあたり、火伏せの神として信仰されている。うねるような屋根の形が特徴的で、現在はトタンでできているが、昔は茅ぶきだったのだろうか。境内には大きなケヤキの木、そして本堂の裏手にはイヌシデの古木があり、どちらも町の天然記念物に指定されている。イヌシデの脇には駅方面、龍穏院《りゅうおんいん》へと続く散策道があり、季節ごとの草花を楽しむことができるようになっている。境内もそうだが、この散策道もいつもキレイだなぁと感心していたら、やはりどなたかが手を入れて下さっているのだとか。そんなところからも澄んだ気持ち良さが満ちている。

中町にお店を構えたご縁で、夫が中町の太鼓保存会に入ったのは一昨年

（二〇一八年）のこと。夫は太鼓など叩いたことはなかったけれど、有り難いことにお誘い頂いてあれよあれよと一員に。愛宕神社の石段の途中には「中町遊園地」と名付けられた小さな広場に遊具が備えられた場所がある。その一角にある小屋で、夏の盆踊りの前には太鼓の練習が行われる。ポツポツと明かりが灯る三春の町を見渡しながら、風が吹き抜けるその場所で練習する太鼓は思っている以上に気持ちがいいそうだ。そして練習を終えてから飲むお酒も。それはさぞかし美味しいことでしょう。私は足を踏み入れることはせず、話を聞きながら想像を膨らませるだけで満足することに。長く続く石段に点々と提灯が灯り、トント、トント、トント、トントと太鼓の音が聞こえてくると、こちらまで浮き足立ってくる。一年で一番愛宕神社が賑やかになる季節。その頃は夜風もぬるくなっているのだろう。

　気が向いて早起きをした日などには、保温ポットにコーヒーを入れて愛宕神社へ向かう。お参りを済ませ、境内にあるベンチでコーヒーを飲みながらひと息ついて「さて」と、いつもと少し違うリズムで仕事へ向かうと、一日の流れが違ってくる。何もしていないけれど、何かいいことでもしたかのような気にさえなる。これまでもin-kyoで展示をして頂いた作家の方々や、三春町へ遊びに来てくれた友人たちを、何度愛宕神社へ連れて行ったことだろう。そこで何をするでもなく、ただベンチに座ってコーヒーを飲みながらおしゃべりをしたり、ボーッとしたり。たったそれだけでも「楽しかった」と言ってもらえることが嬉しくて。せっかく来てくれたのだから、あちらへこちらへと連れて行きたい気持ちもあるのだけれど、つい足が向いてしまう場所なのだ。

自分の日常の中で時別な理由がなくても「なんとなくいい」と思う感覚。それが好きな人たちに伝わるということが、こんなにも心を満たしてくれるのだと気づかせてくれた場所が愛宕神社なのかもしれない。

「緑と光の階段」の季節も大好きだけれど、秋の紅葉の頃はまたさらに。自然はこんなにも美しい色の重なりを見せてくれるのかと、ため息しか出てこない。そしてまたその景色を見せたい人たちの顔が頭に浮かぶのだ。

067.

「立夏」

小満　五月二十日――六月四日

三春の油あげ

ついこの間まで朝晩は寒かったというのに、季節の変化のスピードは、日ごとに勢いを増して駆け抜けていく。一面にタンポポが咲いていた広場はあっという間に綿毛になり、椿や山吹の鮮やかな花の色が山を彩っていたはずが、今はもう木々の緑のグラデーションが目に眩しい。自然はタイミングを見逃すまいと、日々成長を続けている。庭の野の草花もぐんぐん育って、そろそろ草取りを始めないと大変なことになってしまう。大きく成長し始めたヨモギを摘んで乾燥させ、簡単な蚊除け線香を作ってみたり、どくだみ化粧水を作る作業もそろそろだ。季節仕事は案外と忙しない。歩調に追いつきたいけれど、その速さには振り払われそう。そんな私をクスクスと笑うかのように、若葉が陽の光を照り返してキラキラと輝いている。

暑くもなく寒くもなく、吹く風もカラッとしていてとにかく気持ちがいい。梅雨など飛び越えて、このまま夏が始まるような気さえしてくる。in-kyoでもそのくらいの気候になってくると、途端に冷たい飲み物のオーダーが増えてくる。自分が夏でもあまり冷たい飲み物を飲まないものだから、ついうっかりしてしまいがち。早め早めに氷の準備をしておかないと。と、毎年同じように焦っている。

冷たい飲み物と同じように、季節によっていつの間にか味覚も変わってくる。味覚というよりも、季節の食材がどんどん変化していくのだからそれも自然なことなのかもしれない。一年中食卓にのぼるお豆腐だって、味わい方が変わってくる。普段は、お味噌汁や鍋料理、湯豆腐に炒め物と火を通すこ

070.

とが多いけれど、

「あぁ。冷奴が食べたいな」

気温が上がってくると、ふと頭をよぎる。冷奴にするなら本当はまだまだ先の、真夏の盛りがいいのだろうけれど、体は正直なもので、食べたいと思ったときに食べるものは大抵体にしっくりくる。上にのせるものも、薬味たっぷりは夏のお楽しみ。今頃だったら季節の野菜、たとえば炒めた葉玉ねぎとか、サッと茹でたおかひじきをオリーブオイルと塩で和えたものとか、梅干しとお味噌をすり鉢で練り合わせてごま油をたらり、なんていうのもいい。真夏の頃とはまた少し違って、新緑の味とでも言ったら良いのか。そんな食べ方を楽しんでいる。

お豆腐といえば、江戸時代には、三春藩領内には百軒以上ものお豆腐の製造・販売をしているお店があったのだとか。その確かな理由はわからないけれど、おそらくお寺が多いことと関係しているのだろう。お寺の食事といえば精進料理。そこで欠かせないのがお豆腐だったから。そうだとしても、百軒以上ものお豆腐屋さんがあったとは。当時の街並みはどんな様子だったのだろうと思いをめぐらしてみる。通りにはきっと大豆を茹でるいい香りが漂っていたのだろう。店先には竹ザルや水を張った木桶に入った出来立てのお豆腐が並んでいたのだろうか。それとも天秤棒を肩に担いで、ラッパを吹きながら売り歩く商人がいたのか。想像しただけで面白い。

そしてその頃から食べられていたという三角形の油あげが、今では三春名物となっている「三角あげ」だ。一見、厚あげのようにも見えるけれど、厚みがありながらふんわりとした食感はやはり油あげ。三春で油あげといえばこの形だ。どうして三角形だったのかについては諸説あるようだが、定かではない。

三春で暮らすようになって初めてこの姿、形、そして美味しさに出会った。自分が実は油あげが大好きなことに気づいたのもここ数年のこと。

移住をして間もない頃はしつこく食べ続け、冷蔵庫に切らさないように常備していたほど。切り込みを入れて、納豆やねぎ味噌、チーズなどを挟んだりして、網やトースターで焼いてもいいし、煮物に入れても味にコクが出る。網で炙ったものを刻んでお味噌汁や混ぜご飯に入れても美味しい。

in-kyoにいらっしゃるお客様に教えて頂いたのが揚げ焼き。少し多めの油をフライパンに引いて揚げ直すように焼くと、中は柔らかいまま、まわりがカリッとして気に入っている。稲荷寿司にするには半分に切って、中のお豆腐の部分をスプーンなどですくい取り、小さな三角に酢飯を詰めれば、上品に仕上げることができる。すくい取ったお豆腐の部分も、細く刻んだ生姜やゴマを入れて出汁で炊けばご飯のお供になるわけだ。これもお客様から教えて頂いた。

三角あげを買うことができるお店はいくつかあるが、私はin-kyoから歩いて十分ほどの「朝日屋」さんに行くことが多い。朝日屋さんの三角あげ（朝日屋さんでは「三春あげ」の名前）は大きすぎず程よいサイズで、しっとりしていてお豆腐の美味しさも味わえるのがお気に入り。ここでごくごくたまに販売されている「がんも」は、あればラッキー。店頭に「がんもあります」の札がかかっていたら、何かクジにでも当たったようにいい気分になって必ず買って帰るようにしている。

一見、お豆腐屋さんとはわからない外観。店内へ入っても目の前にお豆腐や三角あげは並んでいない。工房も扉の奥で見えないが、大豆を茹でるいい匂いが清潔な店内にふんわりと漂っている。おあげを◯個、お豆腐◯丁と数をお願いしてお豆腐は水槽から、三角あげは冷蔵庫から取り出してもらう。そのやり取りで、いつも子どもの頃のおつかいを思い出す。水槽の中から静かにすくい上げられたお豆腐。青いパックにスルリとおさめられた、瑞々しい白さ。それも子どもの頃にあった、近所のお豆腐屋さんと一緒だ。実家の近所のお豆腐屋さんは、ラッパを吹きながら売りに歩いて出る時があった。「プ〜パ〜♪」の響きが「と〜ふ〜♪」と聞こえたな、なんてことも。ラッパの音が聞こえると、母が表の通りまで小走りで行って呼び止め、お豆腐屋さんがお豆腐の入った台車を引きながら我が家まで来てくれたのだった。
朝日屋さんの店内の壁には、その昔三春町内にあった百軒以上ものお豆腐屋さんの屋号と、真鍮《しんちゅう》でできたラッパが飾ってある。そのラッパも私の記憶のスイッチを入れるひとつなのかもしれない。

「小満」

芒種　六月五日——六月二十日

蛍

in-kyoの大きな窓からは、道路を挟んだ向かいにあるスーパーの「ヨークベニマル」の壁が見える。その壁には掲示板が設置されているのだけれど、ベニマルの広告チラシではなく、町のイベント、お祭りなどの行事のポスターがいつも貼られている。情報は知るのも知らせるのもネットが中心の社会になっている今だからこそ、ポスターでの情報はとても新鮮に感じる。

新しいポスターが貼られると、今度はなんだろう？　と、ついつい気になって見てしまう。ほぼ毎日のように見ているものだからいつの間にか頭に刷り込まれ、参加しないにせよ町で行われる行事はだいたい覚えるようになった。三春町のポスター文化は、なるほどよくできている。

いつも気になっているのが「自然観察ステーション」の、月ごとに開催されるイベントスケジュールだ。六月には星を見る会、そしてホタルの観察会。

「そうか！　三春ではホタルを見ることもできるのか！」

移住をしたばかりの年は、自分が暮らしている町でホタルを見ることができるというそのことを知っただけで感動していた。観察会には残念ながら時間が間に合わず、参加することはできないけれど、観察会が行われる場所の近くまで行けば、ホタルを見ることができるということか。そう思うといてもたってもいられず、仕事帰りの夫と連れ立って「蛍の里」へと車で向かってみることにした。

蛍を見ることができるとあって、途中の道は街灯もなく真っ暗。細い山道を進むと、見落としてしまいそうなさらに細い道の曲がり角にある「蛍の里」

078.

三春タイムズ

079.

「芒種」

の看板が目に留まる。そしてその下に書かれてある文字をよく見てみると「平家落人の里」と書かれているではないか。暗闇というのは想像力をたくましくさせる。暗い上にシトシトと小雨まで降り出してきた。

「この道で本当に合ってるのかな？　雨も降り始めたし、今日はもうやめにして引き返そうか？」

先ほど目にした「平家落人の里」の文字が私たちの恐怖を煽る。引き返そうか、どうしようかと思っているうちに、パーンと道が開けて目の前には田んぼが広がった。「蛍の里」と看板まで出ていたものだから、何か施設のような建物があるものだと勝手に思い込んでいたがそうではなく、どなたかの私有地である田んぼを開放して下さっているようなのだ。そこには観察会のご一行の姿もなければ、辺りには民家の灯りも全くないまさに真っ暗闇。が、せっかく来たのだからと、車から降り傘をさした。私は鳥目なのでただでさえ暗闇に弱い。林と田んぼの境目がわからず、蛍どころではない。それでもずっと目を凝らしていると、次第に木々の葉や、稲が並んだ田んぼの様子が見えてきた。

こんな雨降りで一体蛍を見ることができるのだろうか。二人でそんなことを言い合っていると、闇の奥の方からふわ〜り、ふわ〜りと青白い小さな光がお出迎え。その光に目が慣れてくると、あちらにもこちらにも、気づけば田んぼ一面に蛍の光が浮かんでは消え、浮かんでは消えを繰り返しているのを目で捉えることができるようになってきた。

耳に響くのは降り始めた雨を喜ぶかのようにケロケロと鳴く蛙の鳴き声と、雨が傘を打つ音だけだ。私たち以外は誰もいない中、はじまり、はじまり〜とばかりに蛍のライヴの幕が上がった。

月は出ていないのに空の方が明るく感じるほど、林の闇が濃く深く迫って来るようで恐怖さえ感じる。怖いときれいの狭間に佇んで蛍の光に見惚れているうちに、そのまま闇にのまれてしまいそう。闇の中の淡い光はそれくらい美しく幻想的なもので、去り際のきっかけをつかめずにいたが、雨足が強くなるのをしおにライヴも閉幕。私たちも家路へと急いだ。

あれから「蛍の里」へはなんとなく蛍の時期のタイミングを毎年逃して行っていない。が、その近くにある「斎藤の湯・元湯下の湯」の立ち寄り湯にはたまに訪れるようになった。目の前には川が流れていてのどかな景色。どことなくローカルな雰囲気は、同じ町内だというのに遠くへやってきたような旅気分を味わえる。ここでは頼めば湯上りにおつまみ付きで生ビールを飲むこともできる。温泉から上がって生ビールを飲みながら、ひんやりとした青白い光が漂う様を思い出してみると、あれは実は夢の中の出来事だったんじゃないだろうかという気さえしてくるのだった。

083.

「芒種」

夏至　六月二十一日――七月六日

喫茶店

私たち夫婦が三春で暮らすようになって、度々遊びに来てくれる東京の友人、また蔵前でお店を営んでいた頃のお客様がいる。そのほとんどの人が「三春に来るのは初めて」と言っていたというのに、もう何度、足を運んでくれていることだろう。

私がお店を営業している間、それぞれ思い思いに三春の町を散策したり、町内を走る循環バスに乗ってみたり。駅前で電動自転車を借りて滝桜まで行った友人もいるし、温泉でひとっ風呂浴びてさっぱりした後、in-kyo に戻ってコーヒーを、なんて楽しみ方をする人も。いつの間にか町の人と名前を呼び合うほど親しくなっていたりして。みんな実に自由。回を重ねるうちに、勝手知ったるかのごとく町に馴染んでいく様子がたまらなく可笑しく、そして嬉しい。

　そんな友人のうちの一人がいつ頃だったろう？

「あそこの喫茶店に行ってみたんだけど、ナポリタンが美味しかったし、水槽にかわいいナマズがいたよ」

「あそこ」とはin-kyoから歩いて二、三分ほどの距離にある喫茶店「メロディー」のこと。近すぎてそれまでなかなか行く機会がなかったのだ。東京からやって来た友人に、私が知らない三春のことをこうして教えてもらうとは。しかも歩いて数分の場所。灯台下暗し。まだまだだなぁ。

　きっかけはそんなことで通い始めた「メロディー」。メニューは七種のスパゲティ（パスタと言わないところがまたいい）、ピラフにトースト、ピザなど。飲み物やケーキだっていろいろあるのだけれど、私が注文するのは大抵、ナポ

メロディーの
ナポリタン
三春タイムズ vol. 10
2020. 6.21
shunshun

リタン・セット。ドリンクが付いて税込五百五十円というこの価格は、創業から変わらないというからびっくりだ。

玉ねぎにピーマン、水煮のマッシュルームとベーコン。新鮮な材料を使って、しっかり煮詰めた甘みのあるトマトソースが全体によくからまった、懐かしく私にとって正しいナポリタン。もちろんタバスコとパルメザンチーズも振りかけて。コーヒーは食後にサイフォン式でいれた熱々をご主人が出して下さる。正しい、正しくないと表現するよりも、真っ当という言葉の方ががしっくりくるのかもしれない。

店内はこざっぱりとキレイに掃除が行き届いていて、壁に飾られた数枚の三春の風景写真は、季節に合わせて掛け替えられる。小さく流れ聞こえてくる音楽は店主ご夫妻が好きなクラシック。その程よさが心地いい。そして友人が言っていたナマズはというと、店内にある水槽の中でゆったり構えて出迎えてくれるのだ。はしゃぐように（？）暴れている姿を稀に見ると心配になったりもするけれど、しばらくするといつものように平和な姿でじっとしている。ナマズをこんなに近距離で、しかもじっくり見たことなどこれまであっただろうか。水槽横の座席が空いていれば、そこに座るのも今ではお決まりのようになっているが、ナマズは私のことなど覚えてもくれていないのだろうけど。英名キャットフィッシュという名の通り、猫のひげのような長い口ひげが生えていて、大きな口は常に口角が上がって笑っているようにも見える。なんとも言えないユニークな顔立ちは、見ているだけで和まされる。東京の友人からは「ナマズは元気？」とメールが届くこともある。密かな人気者だ。

友人から「メロディー」を教えてもらい通うようになり、今では三春にやって来た別の友人や、in-kyoで展示を行う作家の方と一緒にお昼ごはんを食べに行くようになっていて、再び三春を訪れた際は「あそこに行きたい」という声も多い。

ちょうど今頃だったろうか。ある蒸し暑い夏の日、気まぐれで「バジリコスパゲティ」を注文したことがある。玉ねぎの甘さと控えめに入れたピーマンのシャキッとした食感が、ドライバジルとピリリと効いた黒胡椒にぴったりの組み合わせ。そこに細く刻まれた生の大葉がたっぷりのって、味も見た目の緑も爽やかで夏空がよく似合う。私の夏の期間限定気まぐれ注文メニューに加わった。

自分が暮らす町に、日常の中でホッとできる普段着のような味わいのお店、そんな場があるというのはありがたいこと。三春出身の方が帰省すると、お昼ご飯は家族みんなで「メロディー」へという話も聞く。それはきっと味だけではない空気のようなものに触れたいから。ご夫妻が、日々淡々と積み重ね、作り続けている居心地の良さが、人を惹きつけているのだろう。

小暑　七月七日——七月二十一日

三匹獅子

お祭りと聞くと、焼きそばやたこ焼きのソースの香り、大きな氷の上にキラキラと並ぶあんず飴、他にも金魚すくいの水槽のまわりに子どもたちがしゃがんでいる景色や的を狙ってパーンと放たれる射的の銃の音、ゆらゆらと明かりを灯す裸電球、そんな屋台の風景が頭に浮かぶ。確かにそれもお祭りの一部かもしれないけれど、三春町のお祭りはそうではなかった。

三春に引越しをして数ヶ月経った頃、いつものようにベニマルの掲示板に貼られた手書きのポスターで知った「田村大元神社例大祭」。田村大元神社は、現在の家に暮らす前に住んでいた集合住宅がある字新町の氏神様にあたる。高台にあり、春には桜が花をほころばせ、緑の季節にはケヤキの大木に葉が生い茂り、秋には鮮やかな銀杏の黄色が境内を覆う。門にはぷっくりとした姿の一対の金剛力士像。一礼をして一歩境内に入ると不思議とシンと静かな心地がする。

七月に入ってお祭りが近づくと、字新町の集会所にはお祭りの大きなのぼりがはためき、夕暮れ過ぎからお祭りに向けて練習が始まる。笛に合わせて子どもたちが叩く太鼓の音が界隈に響き、初めて耳にする独特のリズムに、なんだかこちらまでソワソワとしてしまう。お祭りの当日は、夫と二人して早めに仕事を切り上げ、いそいそと神社へ向かった。

「今日はお祭りだから焼きそばやたこ焼きが食べられるね」

お祭り＝屋台。子どもの頃の記憶がそうさせるのか、邪念だらけである。が、神社が近づいてきてもソースの香りは漂ってこないし、屋台らしき明か

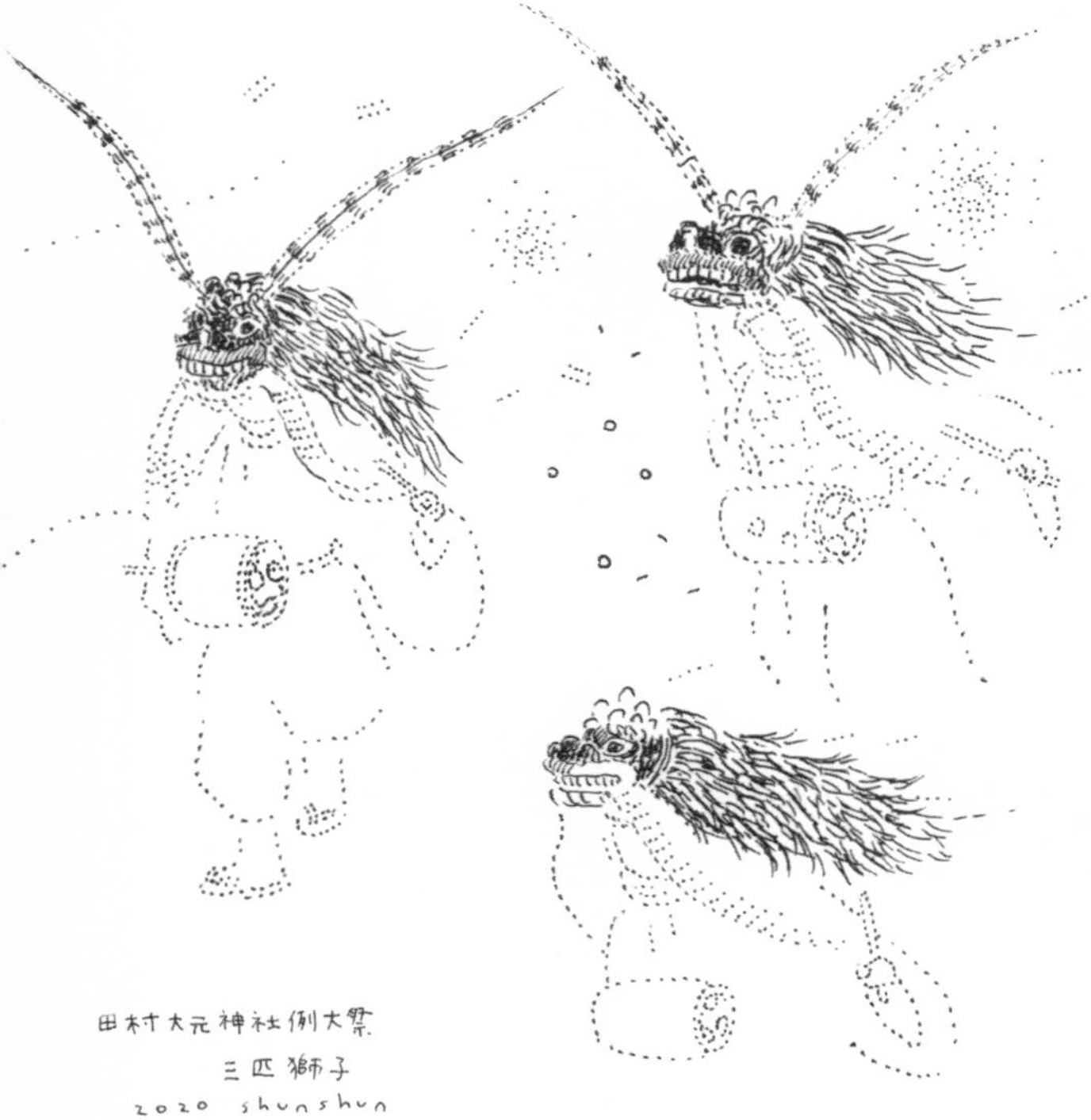
田村大元神社例大祭
三匹獅子
2020 shunshun

093.

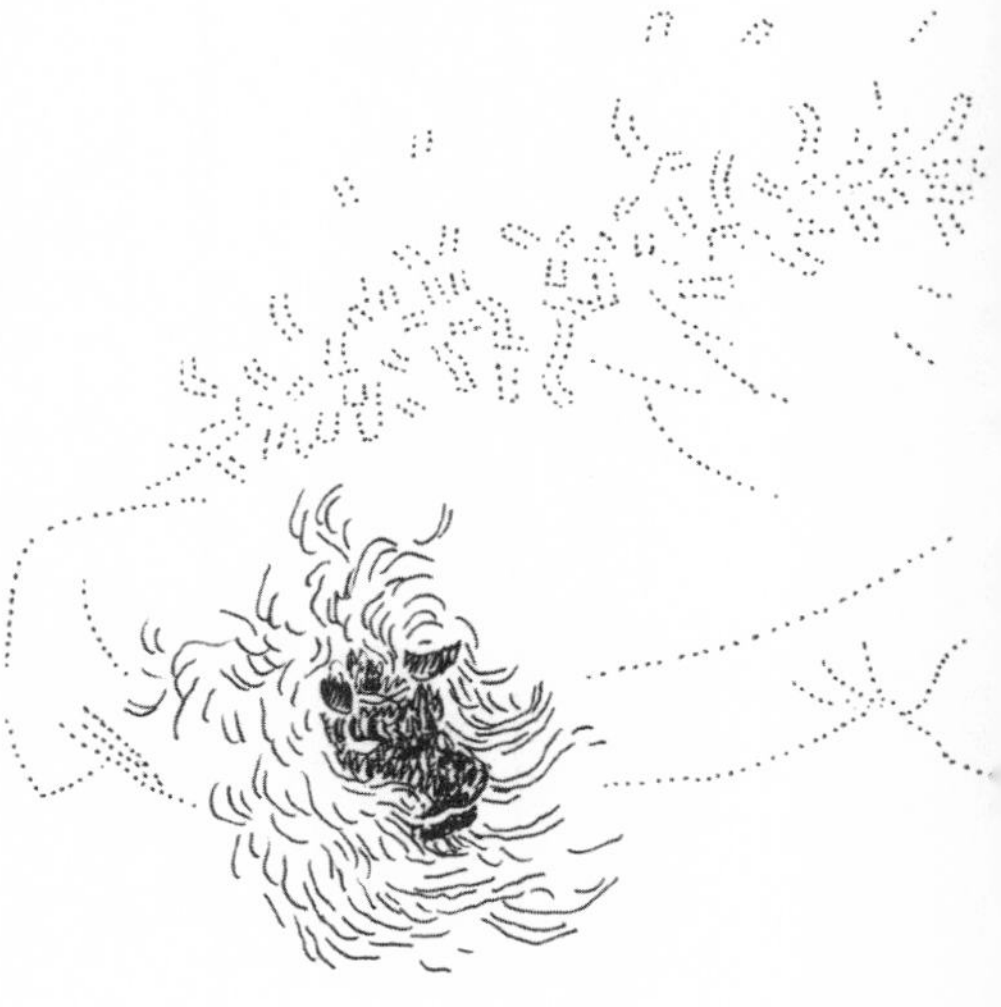

「小暑」

りも見当たらない。気持ちが少ししぼみかけたとき、遠くの方で笛や太鼓の音が聞こえてきたので音のする方へ行ってみることにした。神社の真下の信号を右手に入り、おたりまんじゅうの「三春昭進堂」さんがあるゆるやかな坂道を登っていくと、向こうの方からちょうど長獅子がこちらへ向かって降りてくるところだった。長獅子とは獅子の頭を先頭に、十人の大人の男性が中に入って舞うのだが、なんとも荒々しく勢いがあり、初めて見たときには圧倒されて言葉が出なかった。獅子舞といえば、いわゆるお正月の和やかな姿しか知らなかったのだからなおさらの事。長獅子以外にも青天狗や白天狗、子どもたちが舞う三匹獅子などの行列が続き、まるで物語の世界に迷い込んでしまったかのような光景を目にして、空腹や蚊の襲撃に遭っていることなど忘れ、ポカンと呆気に取られたように私たちはその場に立ちつくしてしまった。巡行の途中途中でも長獅子は荒々しい舞を見せ、本堂へ続く石段を威勢の良い声を上げながら駆け登っていく様は、雲の上まで昇る龍のようでもあり、まさに邪を払う聖獣といった力強さだった。見物をしていると、私たちの隣りにいた方が話しかけて下さった。

「観光でいらしたんですか？」

「いえ。最近すぐ近くに引っ越してきたばかりなんです」

「そうでしたか。うちの息子が三匹獅子を舞っているんですよ」

宮入りをし、先ほどの荒々しい長獅子は本堂の中へと吸い込まれるように姿を消し、長獅子の列に続いていた三匹獅子の舞が始まる。獅子の面に鳥の羽をタテガミのように見立てたものを被り、太鼓を叩きながら舞う三匹獅子。この大役は誰もができるわけではなく、この地域の五、六年生の小学生、しかも男の子しかできないこと、そして昔に比べて子どもが減っているので、三匹獅子ができる子が少なくて苦労していることなど、先ほどの三匹獅子のお母さんからお話を伺った。

三人の素早い動きと不思議な太鼓のリズムには、ただただ見入ってしまう。たとえるなら映画『もののけ姫』の世界のように、どこか時空を超えてしまったような、人が入り込んではいけない領域に、この日だけ特別に許されて佇んでいるような。境内に灯る提灯の明かりや、そこにいる人たちが三匹獅子の舞を静かに見守る様子もどこか夢の中の出来事のような気がしてしまう。それでも舞が終わると、ふわっと何かが解かれたように、もとの世界へと空気が戻っていく。三匹獅子たちもいつもの小学生の男の子たちに戻って、お母さんたちのところへと駆け寄って行った。

この土地で絶えることなくおそらく何百年と受け継がれてきたお祭り。三匹獅子のお役目を卒業して大人になると、今度は長獅子の一員としてお祭りに参加することになるのでしょう。観光のためでなく、そこで生まれ暮らす人のためにあるお祭り。本来、それがあたり前のことなんだろうけれど、こうして目の当たりにしたことに私たちは高揚していた。もう屋台も空腹もどこかへ消えてしまった。

「長獅子の背中についているたてがみ（和紙でできている）が、舞っている最中に落ちることがあって、それを拾って持っているとお守りになるんですよ」

これも三匹獅子のお母さんから教えて頂いたこと。帰り道、地面に落ちて汚れていたたてがみを拾い上げ、家に帰って泥などを水できれいに洗い流すと、邪を払う清らかな白さが現れた。

大暑　七月二十二日——八月六日

蓮の花

数年前、in-kyoから歩いて数分の場所にある法蔵寺で行われていた「蓮まつり」へ出かけたことがある。朝六時から始まるというので、その日は張り切っていつもより早起きをしてお寺へと向かった。まだひんやりとした空気の中、ぽつりぽつりといったゆるやかな人出を想像していたら、私たちが到着した頃には境内はすでにたくさんの人。そして百種類以上もの様々な蓮の花が見頃を迎えていた。蓮は午前中に美しく花開き、午後にはその花を閉じてしまうことから、朝早くに行われることにも納得した。本堂の裏山の斜面には涼しげな満開の紫陽花が色を添えている。特別なあしらいなどしなくても、すでにその風景自体におもてなしをされているようだった。

入り口では蓮の葉にお酒を注ぎ、茎から飲む「象鼻盃《ぞうびはい》」が振る舞われていた。

「さすがに朝から飲めないなぁ」

などとうらめしそうに夫が近くで見ていると、水を使って体験させて下さった。確かに蓮の葉から茎が伸びた様子は象のよう。まわりには小さな見物の輪ができて、みんなが朗らかに見守ってくれていた。

午前のまだ早い時間でも、日差しは次第にチリチリと強く肌を照りつけるようになってくる。すると茎をくるりと結んで蓮の葉を帽子に見立てて頭にのせた、妖精のようなおじさんの姿を何人も見かけるようになってきた。そうかと思えば、本堂中央ではやわらかな衣装をまとった地元のご婦人方の天女の舞が始まった。そもそも「蓮まつり」がどういうものかもよくわからずに行ったものだから、どれもこれもが現実のことなのか何なのかがだんだんわからなくなって、不思議と笑いがこみ上げてきた。見渡せばまわりにいる

法蔵寺の
蓮まつりと
蓮のおむすび
shunshun

101.

「大暑」

人たちもみんながニコニコと笑っている。

舞の鑑賞が終わると促されるように本堂の中へと通され、お点前の心得などないというのに、茶道の先生が立てたお茶をいただき、その後は贅沢に朝ごはんまで。おそらく檀家のご婦人方が総出でこしらえて下さったのでしょう。細かく刻んだ蓮の若葉と蓮の実が入ったおむすびに、お漬物の数々はどれも年季の入ったたまらないおいしさで。

同じものを味わって、隣りにいる知らない人とも同じように「おいしいね」と言える喜び。このときもそこにいる人たちみんながピカピカの笑顔だった。蓮の花が咲き誇る中、極楽浄土へ行くことができるのだとしたら、こんなところだったらいいなぁと思わせてくれる景色が目の前に広がっていた。法蔵寺は「蓮まつり」の日だけではなく、いつでも蓮の花を見ることができるように開かれた場所となっている。お腹も心もすっかり満たされて、清々しい夏の一日が始まった。

「あぁ。馴染みのあるこの感覚は一体なんだろう？」

そう思い返して頭に浮かんだのは、子どもの頃のこと。千葉の実家の近所には神社があり、かくれんぼや缶蹴りをするなど恰好の遊び場所だった。兄の友達に混じってかくれんぼをした時は、私が鬼で「みんなが見つからない！」とベソをかきながら家に帰ると、すでに兄たちがもう家に戻っていたなんてこともあったっけ。

カブトムシやクワガタをどの木で見つけることができるかも競争だったし、夏休みのラジオ体操もそこで行われていた。小学校の一学期の終業式の日と夏祭りの始まりの日がいつも重なっていて、駆け足で家に帰ったことまで覚えている。季節ごとの境内の風景も丸ごと隅々まで知り尽くしていた。

東京にいた頃、お店があった場所は浅草寺のある浅草にも歩いて行ける蔵前で、当時住んでいた清澄白河もお寺や神社が多くある町だった。あえてそうした町を選んでいたわけでもないのだけれど、子どもの頃からずっとそんな環境にいることが長かった。意識はしていなかったが、お寺や神社が身近にあることでいつの間にかホッとしていたのだった。

三春町内にはお寺も神社もそれぞれ十箇所以上あるらしい。「らしい」などとあやふやだけれど、五年間暮らしていても町内の全ての神社仏閣を自分の足で訪れることができていないので、情報は情報として受けとめ、本当のところは確かめていない。ただ、町の大きさに対してその数を聞いてまず驚かされた。自宅やin-kyoから歩いてすぐの場所にもいくつもお寺や神社があり、それぞれの気持ち良い空気に包まれている。

手を合わせる相手はご先祖様なのか、神様なのか、はたまた太陽や海、山、川、農作物ということだってあるかもしれないけれど、それはひとまずおいておいて。何を願うというのでもなくただただ静かに、蓮の花が閉じた姿のように手を合わせていると、自然と心がなだらかになっていく。

＊二〇二一年以降の「蓮祭り」の開催は未定です。

105.

「大暑」

一

立秋　八月七日——八月二十二日

盆踊りと三春太鼓

もうずいぶん前に誂《あつら》えたお気に入りの浴衣がある。東京にお店があった頃は、浅草が近かったという土地柄、着物姿の方をよく見かけることもあり、着物を気軽に着る機会が案外と多かった。特に浴衣はお祭りなどの特別な行事以外の時に着ていても、街で浮いて目立ってしまうこともなく、それでいてその日はどこか晴れがましくもあった。

今でもお世話になっているある方が、毎年夏になると企画してくれた「浴衣の会」には、二十人ほどが集まっていただろうか。みんなが浴衣を着て隅田川から水上バスに乗りながらワイワイとランチビール。水上バスの中から眺める東京の街並みは独特で、川と海とが混じり合う風と、潮の香りや風景が、記憶の中を泳ぐように心地よく過ぎ去っていく。

三春町は春からあちこちでお祭りが始まり、夏になると今度は盆踊りが毎週のように各地区で行われる。町の盆踊りの始まりは字八幡町にある八幡神社境内で行われる。「ではさっそく浴衣でも着て」なんて思ってはみたものの、その勇気が出なかった。最初はおそるおそる、まずは様子をうかがってからにしようと普段の洋服のまま出かけてみることにした。

三春の盆踊りが大好きだという渡辺安里さん・あずささん姉妹が踊りの輪の中にいるのを見つけ、その後ろに加わった。静かでしなやかなお二人のように踊りたいけれど、なかなかそう簡単には踊れない。ご年配の方々の動きはさすがによどみない。私は初めてなんだからそりゃ踊れないわと思いつつ、それでも次第に盆唄と太鼓に合わせて手足が動くようになってきた。と、そ

108.

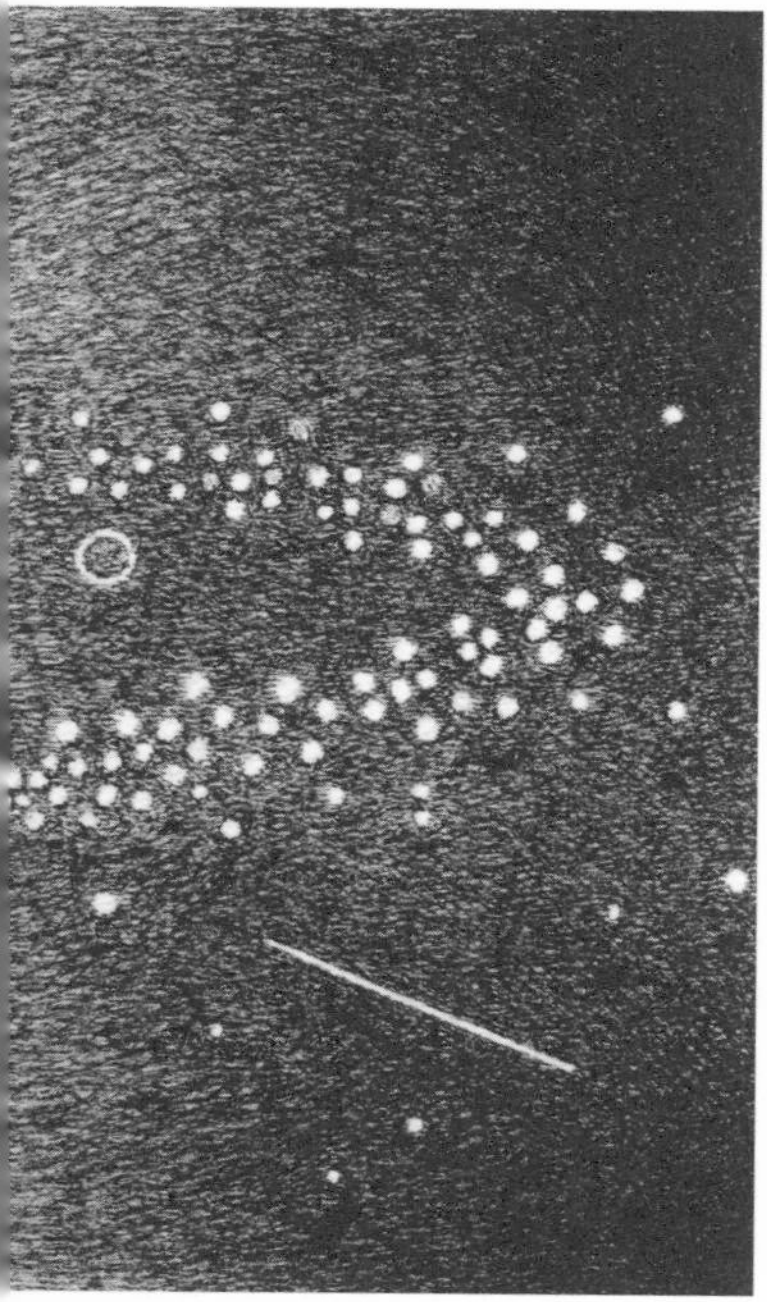

三春タイムズ

109.

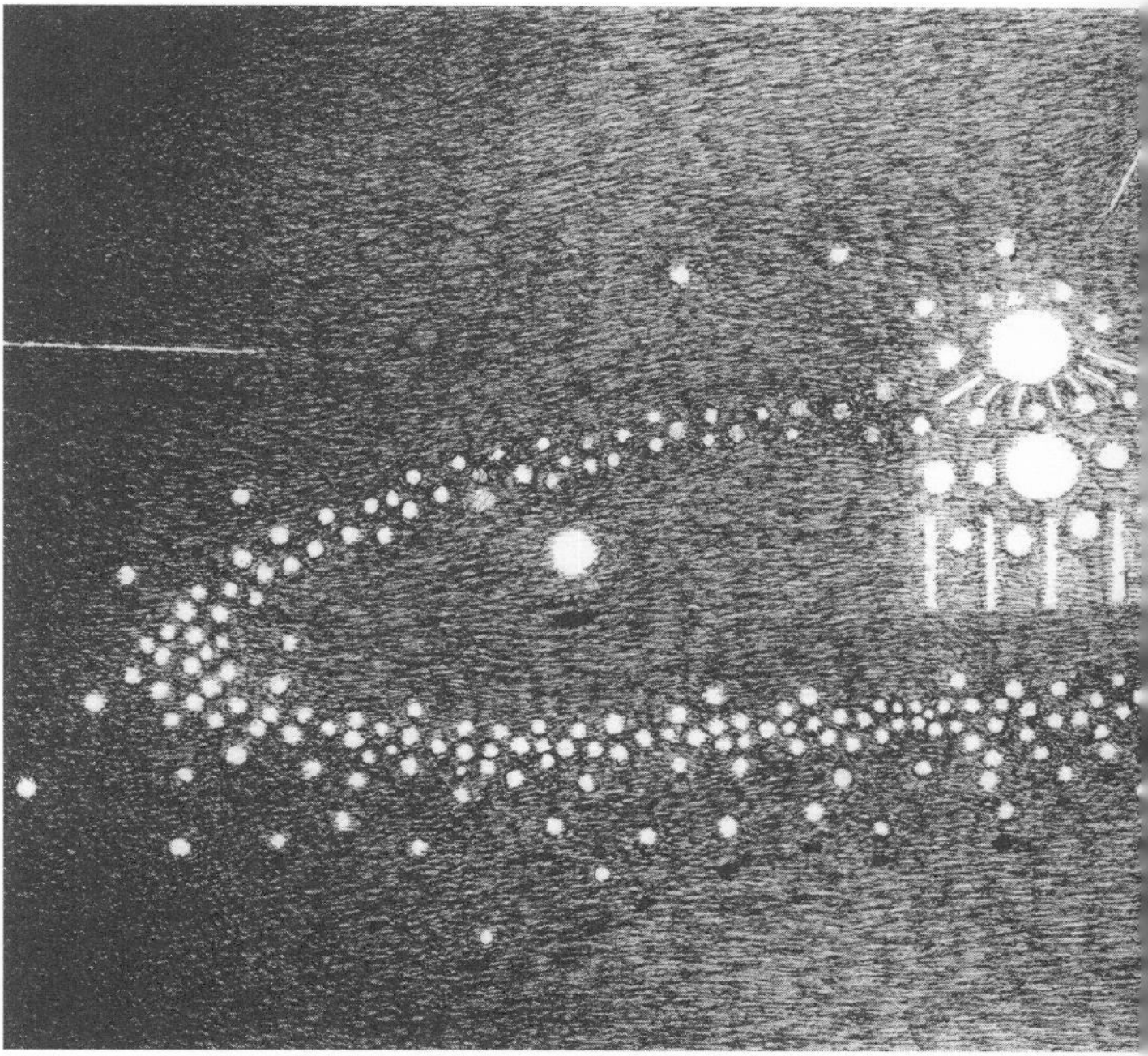

「立秋」

こで気づいたのだが、三春の盆踊りは「三春盆唄」一曲が延々と生で唄われ、その唄に合わせた笛と、やぐらの上で特有のバチさばきをしながら叩く三春太鼓の音が響き渡っているのだ。ここには「炭坑節」が流れることもなければ、子ども向けに「アラレちゃん音頭」が聞こえてくることもないけれど、この町だけの盆唄と踊りと太鼓がある。ましてやスピーカーから聞こえてくるのは全て生の音、ライヴではないか。そのことにハッとしながら踊りの輪に混じって何周も何周もしているうちに、頭の中の考えは浮かんでは消え浮かんでは消えていった。あれが踊りトランスとでもいうのだろうか。浴衣かどうかということもその時にはもうどうでもよくなっていた。

in-kyoがある中町の盆踊りは普段は駐車場になっている場所で行われる。このときは屋台が出て抽選会も行われるが、それも全て町内の方々の手づくりによるもの。大きな鉄板で焼かれる焼きそばやフランクフルトだって、見知った人たちが作ってくれたものはやっぱり格別のおいしさだ。抽選会の景品は町内のお店の品々が並ぶ。それがなんとも言えずあたたかなのだ。やぐらでは、盆唄と笛に合わせて、中町の太鼓保存会に所属している小学生から大人の方々まで順繰りに太鼓を叩いていく。太鼓の音ひとつでも、響きと叩き方で踊り手に伝わる熱が違ってくる。太鼓のいい音が響くと「おぉ」とやぐらに目を向ける人もいる。この町で太鼓を叩く子どもたちはそうやって成長を見守られてもいるのだろう。

中町の太鼓保存会にはin-kyoがあるご縁で夫も参加させて頂くことになった。夫は仕事で練習にもなかなか行けず、あのバチさばきをしながら太鼓を叩くことなど果たしてできるのだろうか？　と心配にもなるけれど、町の法被を手にして嬉しそうにしているのを見ると、それだけでも保存会に入ったことはまんざらでもなさそうだ。それに飲みの席が楽しそうで何より。いつかくるくると回しながら叩くバチさばきを見ることができるのでしょう。

毎年旧盆の頃に開催される三春盆踊りは、江戸時代から三百年以上続く三春町の夏の風物詩だ。町の中心地、大町の通りにやぐらが建ち、踊りの輪が道沿いにできる。昔は通りの端から端まで踊りの列ができていたと地元の方にお話を伺った。その頃はさぞかし賑わって城下町らしい華やかさだったのだろうと風景を想像するけれど、自分がいったん踊りの輪に加わってしまうと、そんなこともすっかり忘れてしまう。ただただ輪の内側へ、外側へ、少し歩みを進めて手拍子をポンと、踊りを繰り返す。ここでも渡辺安里さん・あずささん姉妹の姿が目の端に止まり、踊りながらニコリとご挨拶。こちらは下手ながらも同じなんとかなら踊らにゃソンソンとばかりに踊り続けていたが、まだまだ浴衣を着て踊りに加わるほどの勇気はなく、浴衣は数年眠ったままだった。

それが昨年、暑さにまかせて昼から飲んだビールの勢いだろうか、気まぐれがはたらいて浴衣で盆踊りに出かけることにした。

「あぁ。今年も着る機会がなかったなぁ」

などと、ブツブツ独り言を言いながら、虫干しでもしようと浴衣を収納棚から引っ張り出している私を見て「着て行けばいいでしょ」と夫がひと言。

私も私でそれまであんなにどうしよう、どうしようと思っていたというのに「そうだね」とあっさりそうすることにした。

　久しぶりに浴衣に袖を通すと気持ちよく、パリッと糊が利いていて背筋がしゃんとする。大袈裟かもしれないが、浴衣を着ることでようやくここで夏を迎えることができたような気がした。いざ出かける段になって知っている人に会うかと思うと、浴衣を着て出かけるのが少々照れくさいし、やはり尻込みをする。そんなところは人見知りというか引っ込み思案だった幼い頃とまるで変わっていない。それでもいざ踊り始めたら細かいことは忘れてしまうのはさすがに年の功ともいうべきか。

　私の前にはお隣りさん、内側の輪にも知っている顔がいくつもある。中町、八幡町、大町のそれぞれの太鼓の音が鳴り響く中、踊りながらじんわりと嬉しさがこみ上げていた。そんなときにやっちゃんのお母さんに「あら、あんた！」と言われながら浴衣の上から笑顔でたすきをかけられた。そのたすきはどうやら盆踊りコンテストの受賞者に選ばれたしるしらしい。おそらく努力賞？　商品は地元で採れたピカピカの夏野菜たちだった。

ふとしたときに三春太鼓の音とリズムを思い出す。今年は浴衣の出番はあるのかしらん。

115.

「立秋」

一

処暑　八月二十三日――九月六日

きゅうり

夏の盛りの間は、毎年せっせと夏野菜ばかりを食べている。きゅうりやナス、トマトにピーマン、ズッキーニ。紫蘇やバジルなどなど。自宅の庭の片隅で始めた「一坪畑」と呼んでいる初心者の小さな畑には、お世話らしいお世話もしていないというのに、太陽と土と水の恩恵で、野菜たちがスクスクと成長し、ピカピカの見事な実をつけた。一坪畑といっても夫婦二人で食べるには十分な量。自分たちで育てたという贔屓目《ひいきめ》と、採れたての新鮮さも加わって、飽きることなどなく美味しく心とお腹を満たしてくれた。が、それに加えていただき物の野菜もどっさり。家の前やin-kyoの入り口前に袋に入った野菜が置いてあるのもよくあること。夏にかさこ地蔵？　と想像してみると実に愉快。夏は特に買い物をしなくても、こうしてご近所さんとの間で同じ顔ぶれの季節の野菜や果物が、有り難いことにぐるぐると行き交うのだ。

「たくさんもらっちゃったから食べるの手伝って」

手伝ってと言われたら、「はい！」と喜んで返事と手が出てしまうのが人の常。お隣りさんはいつもそうやって、こちらに負担がかからないような一言を添えて下さる。私もそんな言葉がスルリと出るように年を重ねたい。

いただく野菜の量は少しずつでも、集まるとちょっとやそっとの量じゃない。いつかの年には、きゅうりが二十本、ミニトマトは何キロだったたか。呆気に取られてしまうくらいの野菜がやってきた。地道に毎日食べても到底食べきれる量ではない。でもせっかくいただいたのだから無駄にだってしたくはない。

夏の厳しい暑さをくぐり抜けたミニトマト。季節の終わり頃には甘さをぎ

118.

三春タイムズ

119.

「処暑」

ゅっと蓄えて味わいが濃くなると、農家さんに教えてもらったことがある。ならば保存食としてトマトソースにしたり、ドライトマトのオイル漬けを瓶詰めにしたり。さてきゅうりはどうしたものかと思っていると、「きゅうりのキューちゃん」風佃煮レシピを農家さんに教えて頂いた。そのレシピを見てみると、きゅうり三キロ約二十本が基準になっているではないか。おまけに出来上がったものは小分けにして冷凍もできるし、何よりご飯のお供にもってこい。なんだか大船に乗った気分で、きゅうりが何本来ようがもう慌てることもなくなった。おかげでお鍋もザルも漬物用の容器も、これまでの小さなものでは賄えなくなってきて、大きなものを少しずつ揃え始めている。

きゅうりといえば、三春の八雲神社は通称「きゅうり天王」と呼ばれ、毎年夏には八雲神社祭礼が行われる。「きゅうり天王」と呼ばれるようになったのは、その昔三春領内に疫病が流行した際に、お告げによって生水ではなくきゅうりを食べてしのいで疫病が鎮まったことが謂れのようだ。お祭りの際は、持参した二本のきゅうりをお供えし、帰りには別の一本をいただいてくる。その持ち帰ったきゅうりを食べると、一年間は病気にかからないと伝えられている。「きゅうり天王」の名前も気になるし、悪魔払いの荒獅子（長獅子）の奉納もあるのでお参りに行きたいと思いながらも毎年日にちが合わず、未だにお供えできずにいる。

夏には夏の野菜ができてそれを食す。それで疫病から免れたことは、まさに天から与えられた恵み。冷房などもなかった時代には、体も自然に沿っていたから、夏野菜や果物を食べることで火照りを冷まし、涼も取っていたのでしょう。作物も同じものが出回る時期が続くのが本来の旬。その季節の恵みを無駄がないように、あれこれ工夫しながら美味しく調理するのが生活の知恵でもあり、暮らしの面白さだと感じている。現代ではきゅうりやトマトのように一年中手に入る食材だってある。野菜や果物の旬を知らない子どもたちがいてもおかしくはない。昔だったら「あぁ。あの果物や野菜の季節はもうおしまい。また来年のお楽しみ」と食材でも季節を感じていたに違いない。昔と同じようにとはいかなくても、せめてそのことを忘れないようにしておきたいと思う。

どんなに猛暑日が続いても立秋の頃になると、何かのお知らせのようにスーッと涼しい風が吹く日がある。夏の終わりはいつもさみしい。暑い暑いと言っていても、気持ちのどこかではまだまだ終わらないでと思っている。まるで夏休みの最終日を迎えた小学生のように、何かやり残したことがあるような気がするからだろうか。厳しい残暑が続く日々の合間、立ち止まるようにひとつ深呼吸。季節の句読点とも言える変化を暦に気づかせてもらっている。

三春では暦と実際の自然の移ろいとが、ピタリと歩調を合わせることが多いような気がしている。昔は当たり前だったかもしれないそのことを、気候変動もはげしい昨今、豊かなことだと素直に喜びたいと思っている。

123.

「処暑」

白露　九月七日――九月二十一日

図書館

図書館で借りた本を返しに行ったある日のこと。子どもたちが小学校の帰りにそのまま寄ったのだろうか、入り口にランドセルがいくつも放り投げられていたことがあった。それは「置く場所がないから置きました」というおとなしい感じではなく、まるで「ただいま～！」の声と共に家の玄関にポーンと放り投げたような感じだったのだ。先生や親御さんだったら叱るのかもしれないけれど、私はその元気な様子を見て、なんだか嬉しくなって笑ってしまった。

学校の帰りに図書館へ行く。あの様子からすると、子どもたちにとっては、きっとあまりにも日常的なことだったのでしょう。それは、道路を挟んで図書館の向かいに小学校があるというのも理由のひとつだろうし、放課後、親御さんのお迎えを待つために、安心できる場所ということもあるのかもしれない。友達と宿題をやったり、好きな本を読んだり。ひょっとしたら本は読んでいないかもしれないけれど、読む読まないに関わらず、本に囲まれた環境に、子どもの頃から親しんでいることが微笑ましく思えたのだ。

私はといえば、本が大好きだったと胸を張って言えるような子どもではなかった。小学校の低学年の頃までは体が弱く、何かといえばよく熱を出して、保育園も幼稚園も小学校もしょっちゅう休んでばかりいた。熱がなかなか下がらないときに、家でできることといえば、絵を書くか本を読むことくらいしかなかったのだ。本当は外で友達と遊びまわりたかったし、夏には海やプールに出かけて、兄のように真っ黒に日焼けだってしたかった。兄が友達と遊んでいる様子を、うらめしくパジャマ姿で二階の窓から眺めていた。

幼い頃、家にある本は片っ端から読んではいたものの、「本が友達」などと、心から言えるほど本に親しんではいなかったし、心底夢中になった本があったかどうか覚えていない。でも本の匂いや紙の手触り、好きな文字や表紙、そうしたものはいつの間にか記憶に刻まれているように思う。今思えば物語だけではないものを、本からたくさん与えてもらっていた。

図書館には、独特の匂いというものがある。日向に似たどこか懐かしい匂いがする。本棚と本棚の間に挟まれて、新刊がたくさん並ぶ本屋さんともまた違う、本の匂いに包まれたときのあの静かな高揚感。図書館へは目的があって本を探しに行くこともあるけれど、それとは別に「あっ」と、そのときの気分で目が合う本があったりする。それは好きな著者の、まだ読んだことのない本というときもあれば、全く読んだことのない著者やジャンルということもある。まるで本に声をかけられて振り向くように。そうしてたまたま手に取ったことで出会えた本のおかげで、世界が広がることがあるのが面白い。現在では絶版になっている単行本の手触りに再会できるのも貴重なことだし、読んでいても文庫本とはまた違う印象で読み直すことができる。志村ふくみさんの『語りかける花』の単行本や、石垣りんさんの詩集、樹木や野草の図鑑ともここで出会った。三春町の図書館は決して大きくはないけれど、本との小さな出会いがちゃんとある。それにいつも感心してしまうのが、通りに面したウィンドー。そこには、毎月テーマに合わせてセレクトされた数冊の本がディスプレイされるのだ。それもただ並べられているだけでなく、たとえば九月だったら「お月見」をテーマに、手作りの切り絵の満月やススキ、お団子がウィンドーに飾られ、月にまつわる絵本から小説、随筆に図鑑など、あらゆるジャンルの本が選ばれている。全く気にしていなかったことだとしても、暦を見るような気持ちで興味がわく。どんな顔ぶれの本が並ぶのかと毎月ささやかな楽しみになっている。小学校の帰りに寄っている子どもたちの中にも、あの窓ガラス越しの景色を私と同じように楽しみにしている子がいるのではないだろうか。子どもの頃の私などよりも、ずっとずっと

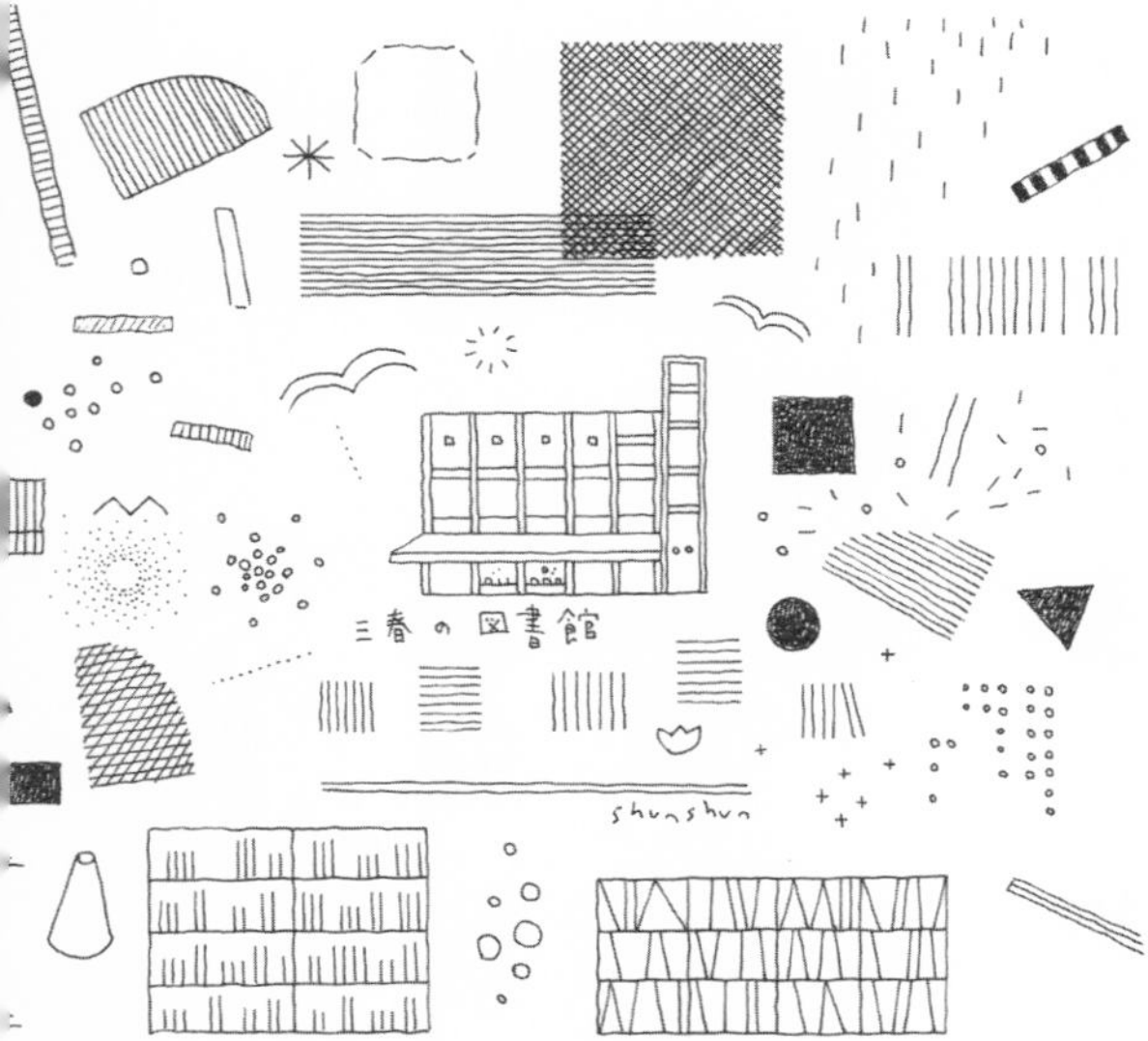

三春タイムズ

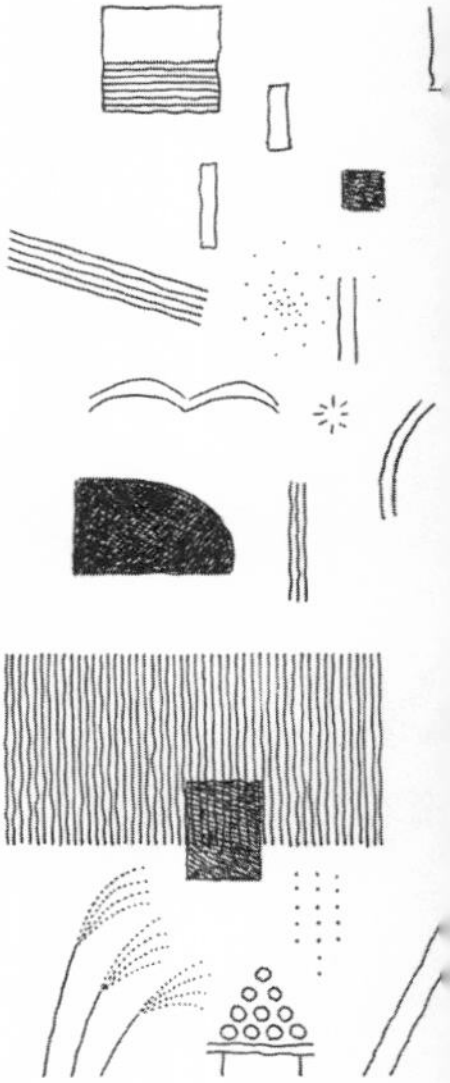

「白露」

本に親しんで、きっと「本の虫」になっていることでしょう。

図書館の向かいにある三春小学校には、「明徳門」と呼ばれている、旧三春藩の藩士の子弟の教育を目的としていた藩講所「明徳堂」の門が校門として設けられている。毎日登校している子どもたちにとっては、それが当たり前で、不思議にも思っていないかもしれないけれど、初めて威厳のあるその門を目にしたときには私は少し怯《ひる》んだ。怯んだというよりも、怖かった。何かうしろめたいことがあったらくぐれないだろうという気がしてしまう。それほど歴史の重みを感じる門なのだ。ここへ通う子どもたちは、そんなことなどつゆ知らず、毎日のように門をくぐり、何気なく登下校を繰り返している。そして帰り道には図書館へ寄り、ランドセルはどこへやら。時を重ねた本の匂いに包まれている。今はそのことも何てことはない日常のひとこま。

現在、三春町の役場庁舎の新築工事に伴い、図書館も新築されることになっている。でもいつかきっと、匂いが記憶を呼び覚ますスイッチとなるように、旧図書館で友達と過ごしたひとときのこと、おそらく他のどの小学校にもない校門のことを思い出すときがやってくることでしょう。そのとき思い出される匂いや手触り、色、風景は一体どんなものなのだろう？　やさしくて、あたたかで、懐かしくて、嬉しくて。ポカポカの日向のようであって欲しい。

131.

「白露」

秋分　九月二十二日——十月七日

サイトヲさん

蟬の鳴き声がいつの間にかリーンリーンという秋の虫の音へと変わっている。暑さ寒さも彼岸まではよく言ったもので、ついこの間まで「暑いですねぇ」が挨拶代わりになるほど。早く涼しくならないだろうかと思っていたのが、秋分を過ぎた頃、スーッと肌寒い風が吹くようになると急に寂しくなる。東北の秋は短い。日が暮れるのも早くなり、その先の寒く長い冬のことを思うと気持ちがシュンとちぢこまるのだ。勝手だなとわかっているけれど、もう少しだけゆっくりゆっくり秋を味わいたい。

そうかと言ってキャンプなど何かはっきりとした目的があるというわけでもないというのに。桜の季節のように、ただただ秋の気配や色、匂いを見逃すまいと躍起になってキョロキョロしながら町を散策したくなるのだ。


丘の上に建つ歴史民俗資料館の登り口には大きな銀杏の木がある。以前に住んでいた集合住宅からin-kyoへ向かう途中、いつも前を通っていたから葉が色づき始める様子も毎日のように観察していた。まっすぐでどっしりとした幹の形といい、枝ぶりの美しさといい、葉が豊かに生い茂る姿が見ていてホッとする、お気に入りの銀杏の木。背が高くておっとりと優しい友人に、その様子がなんとなく似ていることから名前を借りて、その木を「サイトヲさん」と名付けることにした。不思議なもので名前をつけた途端、それまで以上に親近感がわいて身近になっていった。

「サイトヲさん、おはようございます」とか。

「今日も暑いですねぇ」とか。

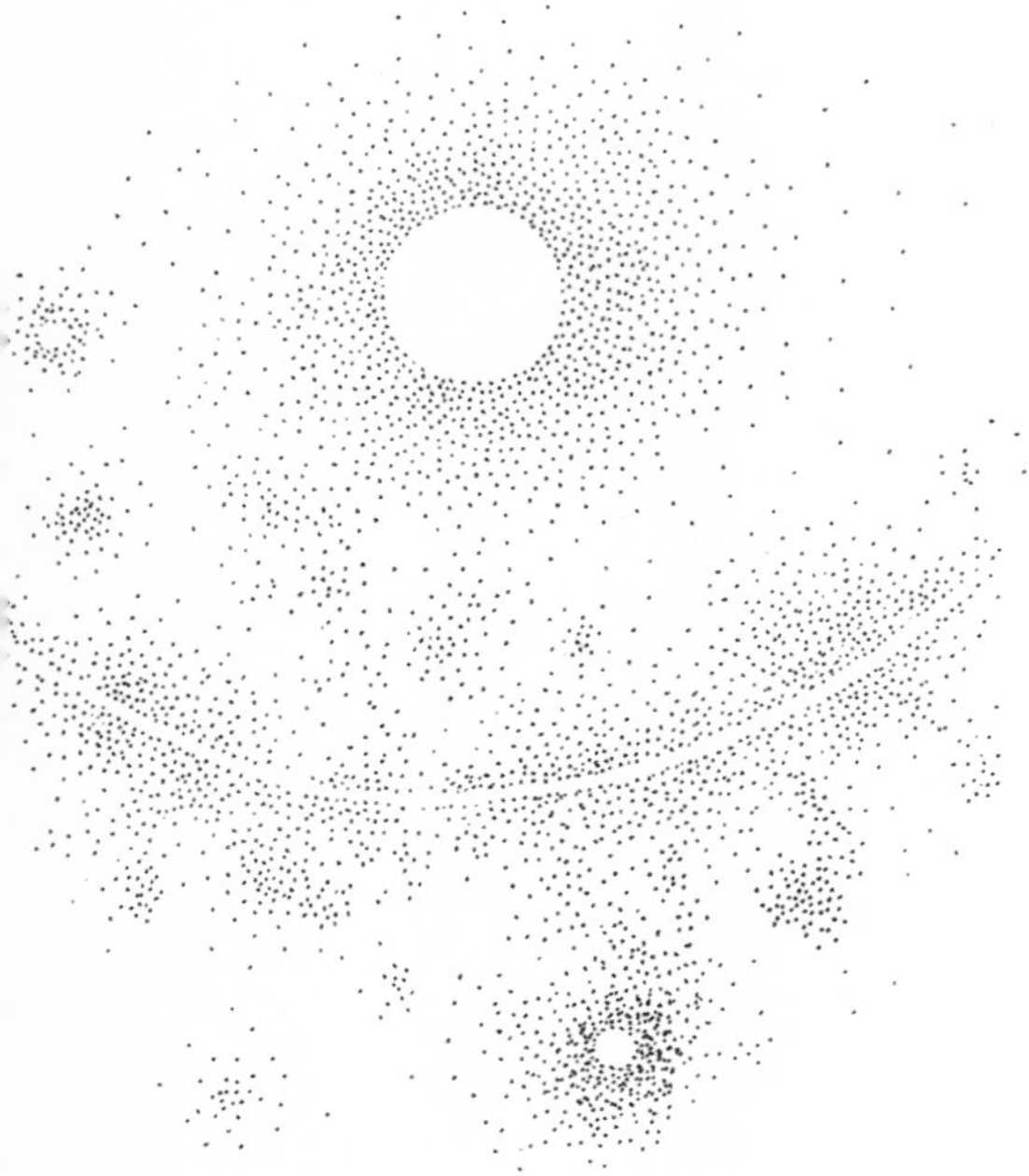

135.

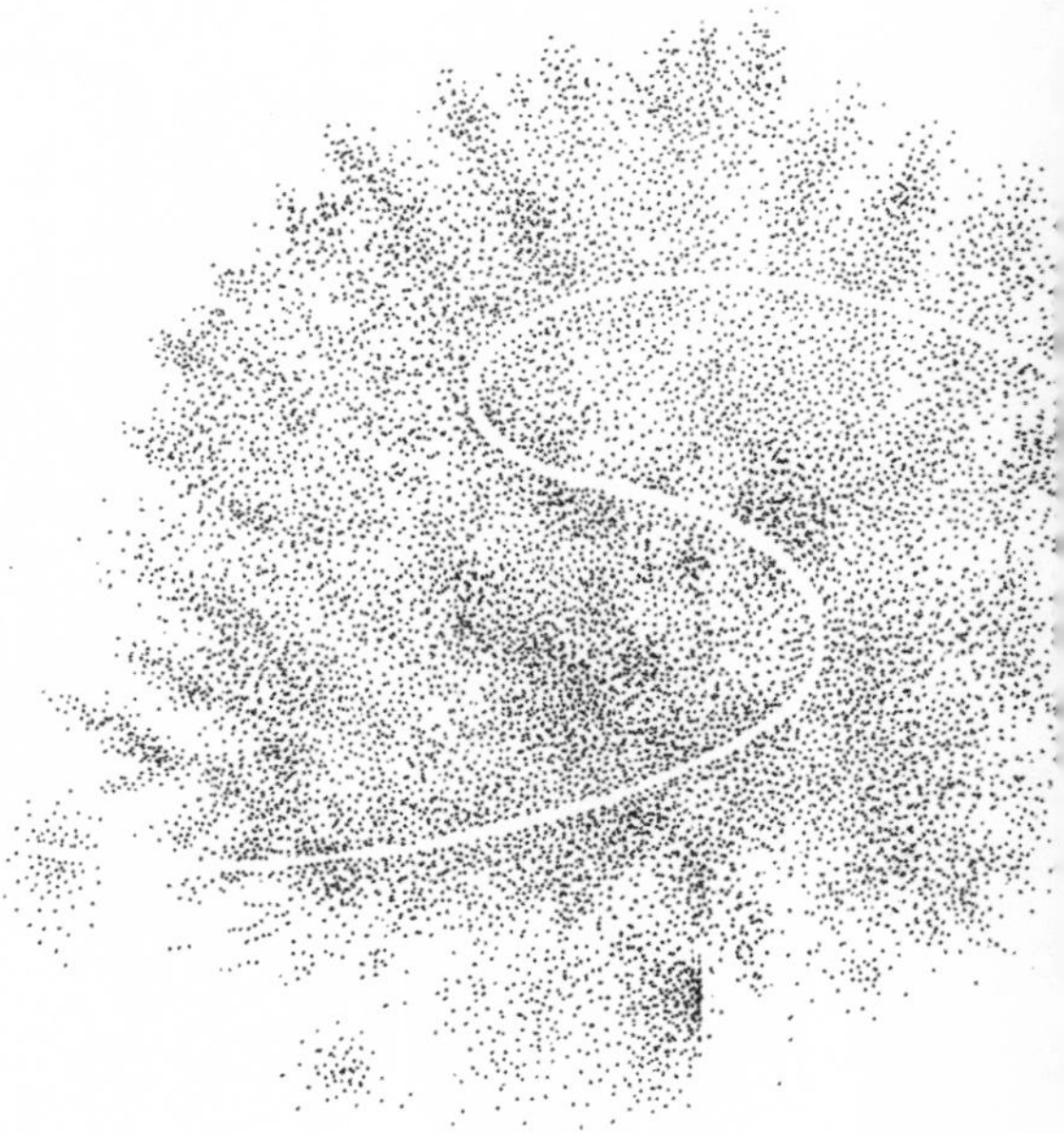

「秋分」

「あ、少しずつ色づいてきましたね」など。

声にこそ出さないけれど、そんな言葉を心の中で語りかけながらいつも大銀杏を見上げていた。と同時に友人のサイトヲさんの顔も思い浮かべていた。まだまだ町に知り合いもほとんどいない頃。今にして思えば、あたたかなあかりをポッと灯されたように心の支えにしていたところもあるし、日暮れが早い秋の寂しさを紛らせていたのかもしれない。

町に本格的な秋の訪れをいち早く知らせてくれるのも「サイトヲさん」だ。毎日のように見ていても「あ！」と思うほど、葉が輝くように鮮やかな黄色に包まれる日が突然やってくる。雲ひとつない秋晴れのカラッとした空気の中、キラキラと黄金色の葉をまとった見事なまでの「サイトヲさん」。拍手と歓声を送りたいほどの美しさで、ずっとずっと木のそばに佇んでいたくなるような、幸福な気持ちに満たされる。それもほんの数日。強風など吹こうものなら、あっという間に次の季節に向かうために葉を散らせる。散った葉の姿さえ、辺りを明るく照らすかのように美しいのだけれど。

「今年のサイトヲさんきれいだったよねぇ」

「葉が散っちゃってサイトヲさん寂しいねぇ」

我が家で通じるそんな会話。

引越しをした今の家の氏神様、北野神社にも大きな銀杏の木がある。木の高さ、幹の太さは「サイトヲさん」と同じくらいだろうか。こちらの枝ぶりは少々暴れん坊。色づき始めるのも山に近く日陰になるからか、少し遅い。馴染みになるようにその木の名前も考えてみることにした。「キタノさん」ま、そのままかぁ。では「タケシさん」はどうだろう？　まだ親近感がわかない。もっとしっくりくる名前はないかなぁと私が考えているうちに、暴れん坊の枝が剪定されて、木はずいぶんと小さくなった。今は剪定された枝先からようやく小さな葉が顔を出し始めた。名前はまだ決めていない。やっぱり近しい友人の名前がいいのかな。

通勤路が変わって、「サイトヲさん」は少し遠回りをしないと見ることができなくなってしまった。「あ！」の瞬間を見逃さないように、秋の始まりはせっせと遠回りをすることにしよう。「サイトヲさん」の目の前には桜川という小さな小川が流れていて、川沿いには紅葉の木もある。川の流れに沿ってバトンを渡すかのように美しい秋の色彩が目の前に広がる。緑から黄色、朱色、赤に茶。言葉と言葉の間には言い尽くせないほどの色の重なりがある。携帯を取り出し、どんなに必死になって写真を撮ったところで、目で見ているほどの美しさを捉えることはできない。そうわかっていながらもつい撮ってしまう。桜の頃と一緒だ。いや、夏や冬だって。その年、その季節の一瞬が、なんてことはない日々の中にすでにあることを、この町の自然に教えてもらっている。小さい秋、みぃつけた。

139.

「秋分」

寒露　十月八日――十月二十二日

三春大神宮祭礼

気づけば私はお祭りが行われる町と縁がある。東京でお店を構えていた蔵前もそのひとつ。代表的な浅草三社祭《さんじゃまつり》に鳥越祭《とりごえまつり》。小さな神社は他にもいくつもあって、五月のはじめから毎週末のようにどこかでお祭りが行われていた。三春町も春から秋までの間にお祭りが各地区で行われる。その中でも三春大神宮は町の鎮守の神様。秋に行われる祭礼は、締めくくりともなる町で一番大きなお祭りで、長獅子や各地区の山車《だし》、お神輿が町中をねり歩く。お祭りの風習など、わからないことはその都度ご近所さんにお聞きしているが、奉納の仕方もそのひとつ。お神輿や長獅子がin-kyoの前を通るタイミングをいつかいつかと少し緊張しながら待ち、日本酒やお賽銭を奉納する。そして「中町」の町名が入った木札や麻のような素材でできた長獅子の毛をお守りとして頂戴するのだが、その特別なやり取りに参加できたことで内心嬉々としているのだ。長獅子に、垂れた頭の空《くう》をカーンと勢いよく噛んでもらえば、邪気など一気に吹き飛んで晴れがましい気持ちになる。

今でこそお祭りと聞くと、どこか心落ち着かずソワソワしたり、ワクワクしたり、血が騒ぐというほどではないにせよ、自分はお祭りが好きなのだと堂々と言えるようになったが、子どもの頃はそうではなかった。いや、好きではあった。あったのだけれど、それを言葉と態度で表すことがどうにも恥ずかしく、苦手だったのだ。

千葉の実家の近くには弁天様がある。正式な名称は厳島《いつくしま》神社だが、地元の人たちは皆、祀られている弁天様に親しみを込めてそう呼んでいる。そういえば弁天様のお祭りは、毎年小学校の夏休みの始まりと重なっていた。終業式が終わった帰り道、お囃子の練習の音が聞こえてくると、嬉しさで駆け出して家に帰りたくなったものだ。実家は自営業ということもあり、お祭りの時はいつもは閉め切っている倉庫を開放して、そこがお祭りの詰所に様変わり。お神輿や山車の休憩所になっていた。小学校に上がる前の幼い頃の私は、あいさつをすることすら苦手なほど人見知りで、知らない大人たちのほとんどの人が自分のことを知っているのが怖かった。とてもじゃないけれど、そんな中で無邪気にはしゃいでお祭りに参加したり、お神輿を見物したりすることはできなかったのだ。それでも笛の音や太鼓のリズム、お神輿を担ぐかけ声や日常とは違うハレの賑わい、そのなんとも言えないドキドキする感覚を、母の後ろに隠れながら体中で味わっていた。本当は踊り出したいくらい、そのひとときを密かに楽しんでいたのだ。母の後ろに隠れなくてもお神輿を見物できるようになったのはいつ頃からだろう？　恥ずかしさよりも、食いしん坊が勝ってお祭りの屋台に行くようになってからか。

三春大神宮の祭礼の日。in-kyoにある大きな窓ガラス越しにお祭りの行列を見物していると、何かの映像でも見ているような気になってしまう。少し違うのは、その向こうで見知った笑顔がこちらに手を振ってくれること。その顔ぶれが年々少しずつ増えていることも嬉しい。山車を引く子どもたちの「わっしょい！　わっしょい！」のかけ声もかわいらしく、その一方で太鼓保存会の子どもたちはキリッと凛々しい顔立ちで、真剣に太鼓を叩いている。その姿を見ていると、親戚のおばさんにでもなったかのように、勝手にじーんと熱いものがこみ上げてくる。

いつの年だったか、in-kyoでライブを企画した日と、この祭礼が重なってしまったことがあった。私のスケジュールミスで気づくのが遅く、ライブ日程を変更するわけにもいかず、どうしたものかと頭を悩ませていた時に相談したのがMさんだった。嫌な顔ひとつせず、「大丈夫、大丈夫」と言って下さったMさん。in-kyoの前を通る時だけ、おもしろおかしくお神輿のかけ声を抑えめにするポーズまでして下さって。店内では静かなギターの音楽とダンス。中と外に不思議と調和が生まれ、みんなの顔をほころばせるやさしさで繋がっていた。私は町の方にもライブのお二人にも申し訳が立たず、始終ヒヤヒヤ。なんとか無事にと願ったライブが終盤を迎えたちょうどそのとき、お神輿も通り過ぎて静かになった窓の向こうに、シャボン玉がひとつふたつ、ふわりふわりと舞っているのが見えた。「あれ？」と思っていると、ギターの音に合わせるかのように今度はたくさんのシャボン玉が空に向かって飛んでいくのが見えた。まるで映画のラストシーンのよう。お隣りのお孫さんたちがとばしていたシャボン玉。それは映画のスクリーンでエンドロールが流れるようなタイミングだった。

お祭りのクライマックスは、三春大神宮前の旧街道で各地区それぞれ独特のお神輿、子ども神輿、山車や花車がズラリと勢揃いする場面。移住をしたばかりの年に、ご近所さんにお声をかけて頂いて、中町の山車の綱を引かせてもらった高揚感は忘れられない。たまたまお店を中町で始めただけなのに、この新参者をお祭りの列に加えて下さったのだ。

「昔はもっと大変な賑わいだったのよ」

そんなお話も伺う。昔に比べて人口も減少して子どもたちが少なくなっているのは私の実家のあたりも一緒だ。でもこの町のお祭りは、ここで生きて暮らす人たちのためのものとして守られ、この先の次世代へと大切に受け継がれていくであろう賑わいがまだちゃんと残っている。三春大神宮のお祭りに合わせて帰省する人もいるという。そんな親しみのあるあたたかな空気が漂っているお祭りだ。

お神輿や山車だけでなく、太鼓や笛が競い合うような力強いお囃子が続く。長獅子は荒ぶる舞を見せながら宮入りへと向かう。沿道からはかけ声や歓声、拍手が届く。もう幼い頃のように物陰に隠れることなどなく、私もその音と人の渦の中へととけ込んでいく。

146.

三春タイムズ

147.

「寒露」

三春街かど写真展

霜降　十月二十三日――十一月六日

三春の町を初めて訪れたときに気づいたことといえば、神社仏閣が多いこと。お菓子屋さん、床屋さん、花屋さんも多く、そして写真店が三軒も健在している。お菓子屋さんやお花屋さんがあるのは、お寺が多いことと関係がありそうだが、その他はなぜだろう？　地元の方にお話を伺うと、その昔は銭湯が何軒かあり、大抵近くには床屋さんがあったのだとか。そういえばin-kyoのお隣りは今でも現役の床屋さん。その裏手には銭湯跡の建物がある。天井が高くて天窓がある明るい銭湯。まだ陽のあるうちからそのお風呂に入ったらさぞかし気持ちが良かっただろうと想像してみる。今は跡形もないが、近くには駄菓子屋さんもあったらしい。夏には銭湯上がりにかき氷が食べられたのだろうか？　冬だと何だろう？　みつあんずやポン菓子なんかもあったのかな。

お風呂上がりのさっぱりした足で床屋さんに向かい、髪を切った旦那衆が町なかを闊歩して。お風呂が各家庭に普及するまではそうした風景が当たり前だったのだろう。銭湯で交わされる何てことのない会話、いつもの時間の同じ顔ぶれ。当時の平和な日常の景色。この目で見てみたかったなぁと空想散歩をするばかり。

写真店が町内に集まっている理由はわかっていないが、そのうちの一軒「いとうカメラ」で出会ったのが三春在住の写真家・中村邦夫さんだ。北海道出身の中村さんは、数十年前に勤めていた仕事の都合上、転勤で東北を中心にあちこちの町で暮らしながら日常の風景を撮り続けていたそうだ。その転勤

151.

「霜降」

先のひとつが三春であり、平成三年に移り住み、町や人に惹かれる中で二年後には三春に住居を構え、その後も新幹線通勤をするなど、勤務地は転々としながらも、震災後からは三春に根を下された。

見せて頂いた写真集は桜の景色にはじまり、in-kyoの裏手を流れる桜川の風景を撮り続けたものもある。写真に収められていたのは私が移住する前、まだ造成工事が行われていない昔のままの、橋も木造の風情があるものだった。その川と橋のまわりで子どもたちが遊んでいる様子、お年寄りが歩く後ろ姿など、日常の何気ない風景が中村さんの優しい視点で切り取られている。そこにはちょっとしたユーモアも感じられて、写真を見ているだけで何とも言えないあたたかな気持ちに包まれる。

その中村さんから「三春街かど写真展というものをやるんだけどin-kyoさんも参加しないかい？」とお誘いを受けたのが数年前。ちょうど企画展の内容とも重なっていたので参加させてもらうことにした。「いとうカメラ」、三春交流館「まほら」など町内にいくつかの展示箇所があり、町を散策しながら自然の風景も感じつつ、展示を見ることができるようになっている。肝心の中村さんの写真はどこに展示されるかというと、桜川沿いのとあるお宅の土塀。屋外での展示ということに驚いている私に中村さんは、

「写真をわざわざ見に行くっていうと敷居が高いかもしれないけど、ここだと歩きながらでも見られるでしょ。車からだってちょっとスピードを緩めれば見られるからね」

そんな風にニコニコ笑いながら話して下さった。


in-kyoが初めて参加させて頂いた二〇一七年の中村さんの作品は「ヤギ爺の野良仕事」。中村さんが三春で出会った、ヤギやニワトリを育てながら畑仕事をして暮らしたひとりの老人を四年間追い続けたもの。取材というものとも違って、ただただ坦々と繰り返される、ヤギ爺の日々の野良仕事の姿と記録。そこからは二人の間に生まれた親密さも感じられる。ヤギ爺の、中村さんにカメラを向けられていることを意識すらしていないような自然な様子が

微笑ましい。そうかと思えば満面の笑みで中村さんにお菓子を勧めている姿もパチリ。人をいつの間にか笑顔にしてしまう中村さんのお人柄まで写真から伝わってくる。

ヤギ爺もヤギも中村さんに向かって笑っている。中村さんの目を通したヤギ爺の暮らしぶりは、おてんとう様に照らされて、キラキラと輝く愛おしいものに感じられるのだった。

155.

「霜降」

―
立冬　十一月七日――十一月二十一日

干し柿

いつの年だったか、夫のおばあちゃんから大量の渋柿をもらったことがある。おばあちゃんは九十歳を過ぎてもとても元気。自分で干し柿を作っているけれど、さすがにできる数には限度があるのだろう。庭の柿の木にはまだまだたわわに実が生っていた。

「植木屋さんに手伝ってもらって収穫しておいたから。干し柿なら簡単にできるからやってみて」

と、夏のきゅうりやトマトと同じように数日後には柿がどっさりと我が家にやってきた。
さてさて。どうしよう！　野菜のようにそのままでは食べられないので、作らなければダメにしてしまう。自然相手のこうした作業は、日常の仕事や雑務、家事などこちらの都合など待ってはくれない。ほんのわずかな合間を見つけて、「エイヤッ」と勢いに任せてやってしまうしかないのだ。何の準備も知識もないままに干し柿作りをすることになった。

柿が出回る時期になると、スーパーやホームセンターの売り場には渋柿の渋抜き用ホワイトリカーや干柿用のロープが並ぶ。クルクル手回しで柿の皮が剝ける皮むき器などの便利な道具もある。はじめはそのことに驚いていた自分を思い出す。とりあえずは自宅にあった麻紐を利用することにして、ひたすら夫婦二人で皮剝き作業。干し柿の消毒の仕方は人によって色々のようだけれど、一番手軽な熱湯にサッとくぐらせる方法にした。皮を剝いた柿を麻紐に結んで、流れ作業で大鍋に沸かした熱湯にざぶんざぶんとくぐらせていく。そして当時住んでいた集合住宅のベランダの物干し竿へバランスよく吊るすという作業を数回繰り返しようやく完成。柿を無駄にすることなくやり終えてホッと胸をなでおろす。あとは冷たい冬の空気に委ねるだけ。季節の手しごとは、いつもこうしてどこか気持ちを急かしながらも、やり終えたときの独特の達成感がクセになってしまう。それに何と言っても自分で手を動かして作ったものの美味しさは格別で、大変大変などと思いながらも、結局は好きになってしまうのだ。

乾いた冷たい風で干し柿がゆらゆら揺れる。「干し柿ののれん」だ。そんな景色を部屋の中から眺めるられるのも何だかいい。干し始めて一ヶ月も経つ頃には、干し柿らしい姿に無事出来上がる。初めてでもカビることなく出来上がったのは、寒さあってこそ。千葉の実家のあたりでは、いくら関東平野のからっ風が吹いているとはいえ、なかなか難しいだろう。そういえば干し柿を作っている家は近所には一軒もなかった。

私が三春に移住をする前までは、震災時の原発事故の影響で、柿に含まれる放射性物質の値が高く、それまで毎年のように作っていた干し柿を作れない時期が続いたと伺った。その値も基準値以下となって、今では紅葉で山が彩られる頃に町を歩けば、軒先に「干し柿ののれん」を吊るすお宅を多く見かけることができる。そんな経緯を思うと、この季節ならではの風景がなおさらかけがえのないものだと感じる。

干し柿初心者でもそこそこ美味しく出来上がったのが嬉しくて、「ふるさと便」のごとく、その年に作ったお味噌やら梅干し、お餅などいくつかの保存食と一緒に東京の友人に干し柿を送った。自分たちも出来上がってからは冷凍庫に保存をして、冬の間のお茶請けやワインのおつまみに、中にナッツ類やバターなどを挟んでちんみり、ちんみり楽しんだ。

自然の甘みと凝縮された旨味。ジャパニーズドライフルーツ。お菓子を作る友人から教えてもらって、干し柿のパウンドケーキも作ってみたが、これもまた美味。こんな嬉しさがあるからこそ、翌年から干し柿作りが苦になら

160.

三春タイムズ

161.

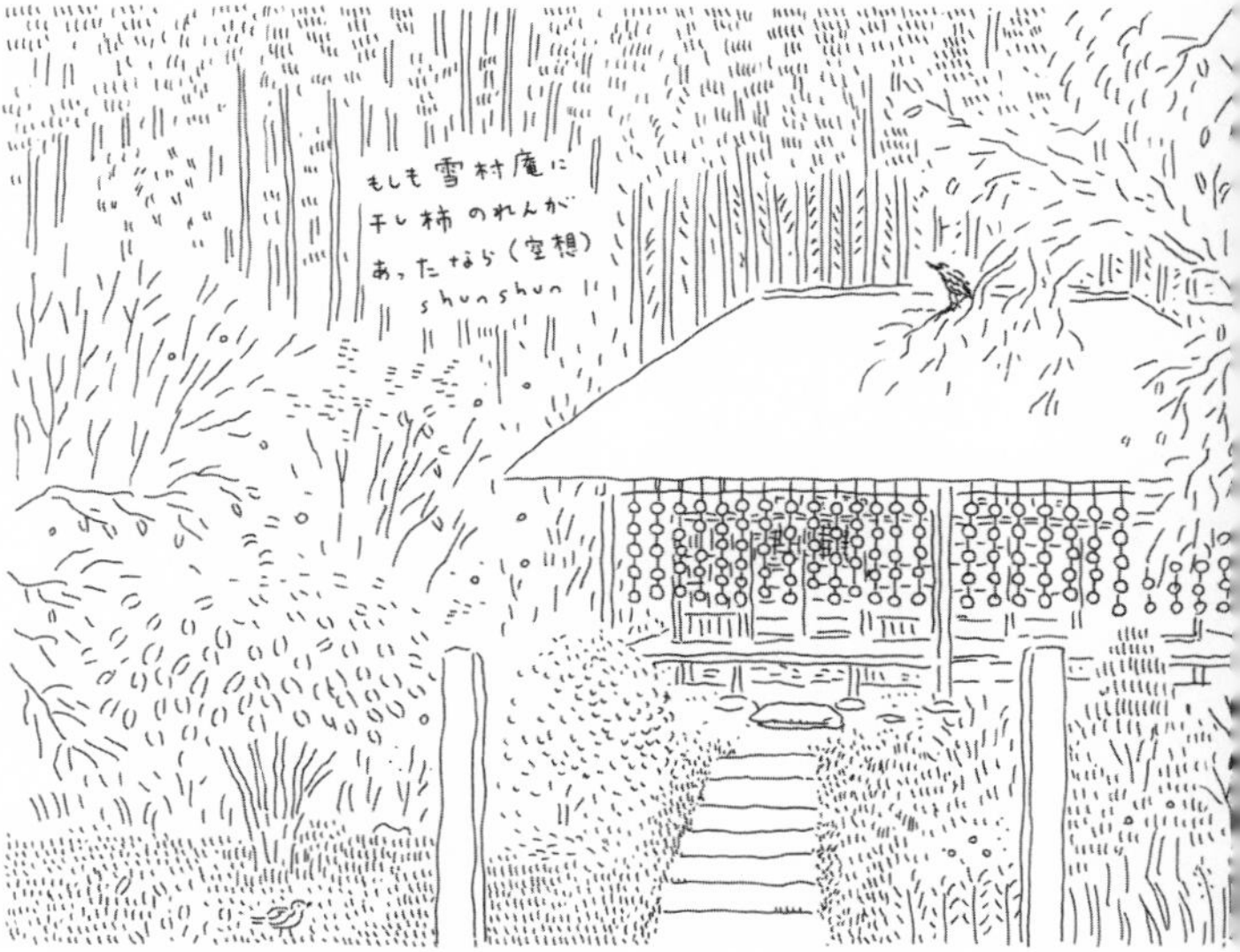
もしも雪村庵に
干し柿のれんが
あったなら(空想)
shunshun

「立冬」

ずに続いている。それに秋のひとつの景色として大事に残さねばと思うようになった。

今の平屋でも早速干し柿作りを試みた。昨年は友人宅からやってきた百個以上の柿も加わって、のれんと言うよりは「干し柿のすだれ」が我が家の軒先にぶら下がった。築六十年以上の日本家屋の外観にはお似合いの景色。部屋の中からは、磨りガラスを通して柿の姿が影絵のように映される。あっちを向いたり、こっちを向いたり、それでも一本の紐に結ばれて、安心しきった様子で風に身をまかせて揺れている。平和なひと粒、ひと粒。出来上がったらまた友人たちにお福分けすることにしよう。

163.

「立冬」

小雪　十一月二十二日――十二月六日

朝散歩

水《スイ》と木《モク》と名付けた我が家の愛猫たちは、夜の間は思い思いの場所で過ごしていても、どういうわけか明け方になると布団にもぐり込んで来る。特にオスのモクは体は大きくなったというのに甘えん坊で、喉をゴロゴロと鳴らしながら私の手のひらでチュパチュパとおしゃぶりをする。そうすると安心して眠れるようなのだが、私の方はまるで逆。耳元でゴロゴロとチュパチュパの和音が聞こえてくると、どんなに熟睡をしていても目を覚ましてしまう。そして腕の中ではいつの間にかメスのスイが静かにスヤスヤと寝ているとなると、寝返りをうつこともできなくなる。

「あぁ。そろそろ起きる時間かぁ」

スイとモクは目覚ましのアラーム音よりも威力を発揮する。六時でも冬の窓の外はまだ薄暗いからもう少しまどろんでいたいと思うのだけれど。それでも「よしっ！」と、布団から抜け出そうと思うのは、スイとモクに加えて最近気に入っている朝の散歩が最後のひと押しとなっているからだ。

起きたらまずは鉄びんでお湯を沸かし、カップ一杯の白湯《さゆ》を体に沁み渡らせるようにゆっくり飲むのが朝の習慣。シャワーを浴びてすっきりと目を覚まし、パパッと簡単に身支度を整えたら夫と二人で朝の散歩へと出かける。

霜が降りた朝は、草木や落ち葉さえも美しく、辺り一面ベールに包まれたかのような景色を見せてくれる。それは早起きをした者へのギフトのようなもの。あの木の形がいいだの、あそこのお宅の畑の白菜は立派だねぇなどと、散歩をしながらの会話はそんな他愛もないことばかり。緩やかな坂道をしゃべりながら歩いていると息が上がる。が、吐く息はまだ白くはないので、本

166.

三春タイムズ

167.

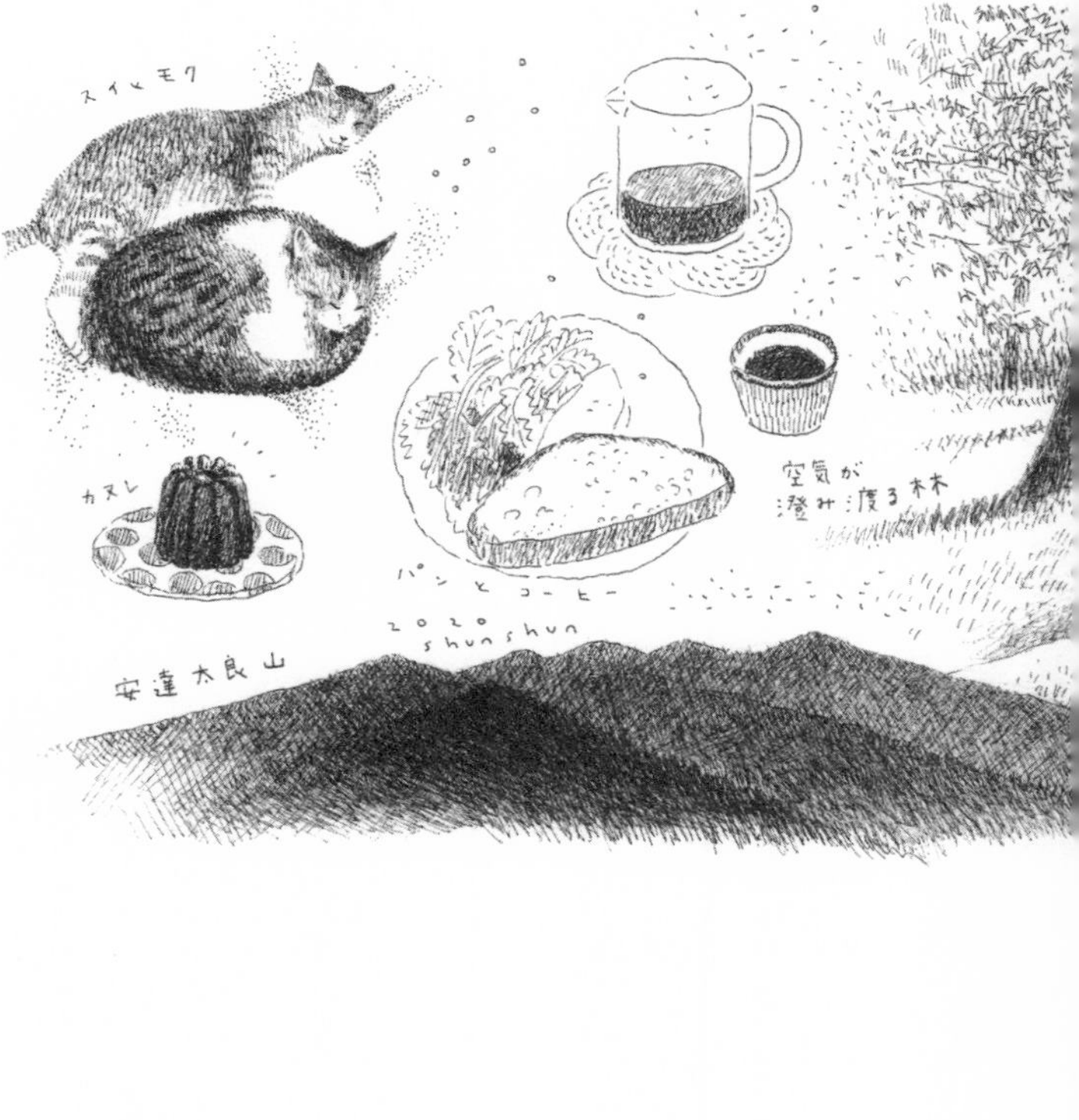
スイとモク
カヌレ
パンとコーヒー
空気が
澄み渡る林
2020
shunshun
安達太良山

「小雪」

格的な寒さはこれから。澄んだ空気が気持ちいいなどと言っていられるのも今のうちかもしれない。少し小高い場所まで歩いて振り向けば、雪化粧をした安達太良山を望むことができる。気温が下がった日などは空気が冴えてなおさら美しい。私は山が近くにない土地で育ったためか、山に対して特別な思いがある。憧れのような。

「山！　ほらほら山がきれい！」

毎日見ていようが、山の素晴らしさにはいちいち感動して見飽きることなどない。私がそんな調子でも、夫には「あぁそうだね」と軽く受け流されてしまう。すごいことなんだけどなぁ。まぁムキになるほどのことでもないのでいいけれど。

家の近くで安達太良山が一望できるポイントを見つけることができたのは、散歩のゴール地点にしている「ブーランジェリーカヌレ」がオープンしたお陰。美味しい焼きたてのパンとフランス菓子のお店だ。開店時間が朝七時というのがまた嬉しい。まるでフランスそのもののようではないか。私たちがいそいそと毎日のように散歩へ出かけるようになったのは、もちろん美しい晩秋の景色もひとつの要素だけれど、一番の理由は「パンを買いに」。それでこんなにも布団から抜け出すことがたやすくなってしまうとは、なんと単純で食いしん坊なのだろう。

まだお若いご夫婦が始めたカヌレさんは、ご主人のご実家の敷地内にある土壁の古民家を改装したお店で、どこか懐かしくホッとする佇まい。店内は香ばしさと、甘い良い香りがして幸せな空気が満ちている。パンやお菓子が並べられた箱、それらを置くテーブルやカウンター、入り口の扉も全て手作りというから驚きだ。お話を伺うと、お父さんが何でも作ることができる器用な方とのこと。それも真新しいものを使うのではなく、もともとあった廃材をうまく利用している。縁側にはやはり手作りの丸太のスツールが並んでいて、飲み物を持参すればそこに座って出来立てのパンを食べることもできるのだ。お話を聞いた翌日には保温ポットにコーヒーを入れて、早速縁側をお借りして朝ごはん。「美味しい」にはいろんな種類があると思うけれど、カヌレさんのパンやお菓子は、今日食べてもまた明日もと、毎日食べたくなる美味しさなのだ。縁側はお庭に面した場所で日当たりも良く、鳥たちがのどかに鳴いている。平和な一日の始まり。ぐるりと辺りを見まわしてみると、お店の裏手は林のようだが。

「あの林は通り抜けられるんですか？」

「はい。通り抜けられますよ」

「通らせてもらっても良いですか？」

方角的には我が家への帰り道だ。お父さんが手入れをしているという私道の林を通らせて頂いた。乾いた落ち葉を踏みしめる度にシャクシャク、クシュッと耳に軽やかな音が届く。木々の下枝はキレイに落とされ、光が程よく降り注ぐ。人の手が入ってはいるけれど、やりすぎていることはなく空気が澄み渡って清々しい。どこか異国へとワープしたような心地良さは、自然と人との調和から生まれているのだろう。林の小径が近道ということもわかり、その後は散歩コースにさせて頂いている。

「人間は毎日、きれいだなぁと思う景色を見ながら暮らした方がいいと思うんですよ」

これは、私たちが三春で物件探しを始めた頃からお世話になっている方の言葉で、ことあるごとに思い返している。今日も早起きをしてパンを買いに。

イルミネーション

大雪　十二月七日――十二月二十日

ほんの数週間前までは、山や町の木々はこっくりとした秋の彩りの変化で目を喜ばせてくれていたというのに、それもつかの間。枯れ木の背景にはグレーの空が広がっていて、モノクロの写真でも見ているよう。寒く、もの哀しくも思えるけれど、これはこれで好きな季節の景色。

「紅葉の色の鮮やかな時期が終わりかけて、色彩が少なくいつ雪が降り始めてもおかしくない頃の山の景色が好きなんです」

と、ある音楽家の方からお話を伺ったことがある。それまで色鮮やかな紅葉の季節が終わってしまうのが寂しくて仕方なかったのが、この言葉に助けられたというか、紅葉シーズンに浮かれていた自分が恥ずかしくなったというか。お陰で移ろうその時々の風景ひとつひとつに魅力があることを、あらためて感じられるようになった。

季節の景色というものは自然が作り出したものばかりではなく、人の手で作られたものもある。イルミネーションもそのひとつ。十二月に入ると、町役場やお店、旅館、住宅のあちこちでクリスマスシーズンに合わせた電飾のあかりが灯る。夕方も五時を過ぎれば日が暮れて、お店を閉めて帰る頃には外は真っ暗。街灯が少ない三春の冬の夜道を歩く人は少なく、ごくごくたまに部活帰りの高校生とすれ違う程度。時間の感覚がわからなくなって、まるで真夜中に歩いているような静けさだ。そんな時、チカチカと輝く電飾のあかりにホッとさせられる。白熱灯のシンプルなものもあれば、赤に緑、青や黄色にオレンジ、桜をイメージしたピンク色のイルミネーションもあるし、花壇にサンタクロースの人形がいくつも並んでいるところもある。家やお庭全体をイルミネーションで飾り付けたお宅もあって、車で走っていても目を引くほど。色の好みなどはまず置いておいて、否が応でもクリスマスを意識して、何があるというのでもないのに、なんとなく鼻歌でも歌いたくなるような気分になってくるのだ。三春町で暮らすようになって、クリスマスがやってくるのを心待ちにしていた子どもの頃のことを思い出すようになった。

東京でお店をやっていた頃は、浅草が近かったこともあって、十二月に入るとクリスマスよりもお正月を意識することが多かった。確かにクリスマスに向けたイルミネーションはあったけれど、やはり似合うのはツリーよりも門松だった。in-kyoのディスプレイもクリスマスらしい期間は短く控えめで、それよりも漆の器を並べ、松や南天、正月飾りの和の雰囲気の店内という期間の方が長かったように思う。スカイツリーのライトのカラーが赤・白・緑になるのを見てそこでやっと、

「あぁ、クリスマスかぁ」

と、大げさではなくそれぐらい意識の比重が新年に向けられていて、町全体がまさに駆け足をしているような師走らしい空気に包まれている様子が下町っぽくて好きだった。そのくせクリスマスにかこつけてチキンを食べ、ワインを飲み、ケーキまでちゃっかりと食べてはいたのだけれど。

三春町のイルミネーションを見てホッとしたのは、商業ベースの大規模なものではなく、玄関先や個人商店の店先など、あくまでも個人的なものがほとんどだからかもしれない。夜道に浮かび上がるあかりからは、飾っているご本人やご家族の方が楽しんでいる様子が自然と伝わってくる。そしてたとえ人通りは少なくても、車からでもその景色で道行く人を喜ばせたいという気持ちもきっと含まれているから。

夫の仕事が遅い日は、お迎えの車を待たずにトボトボと歩いて家に帰る。いつ雪の粒が空からチラチラと舞ってきてもおかしくないほど空気は冷えき

177.

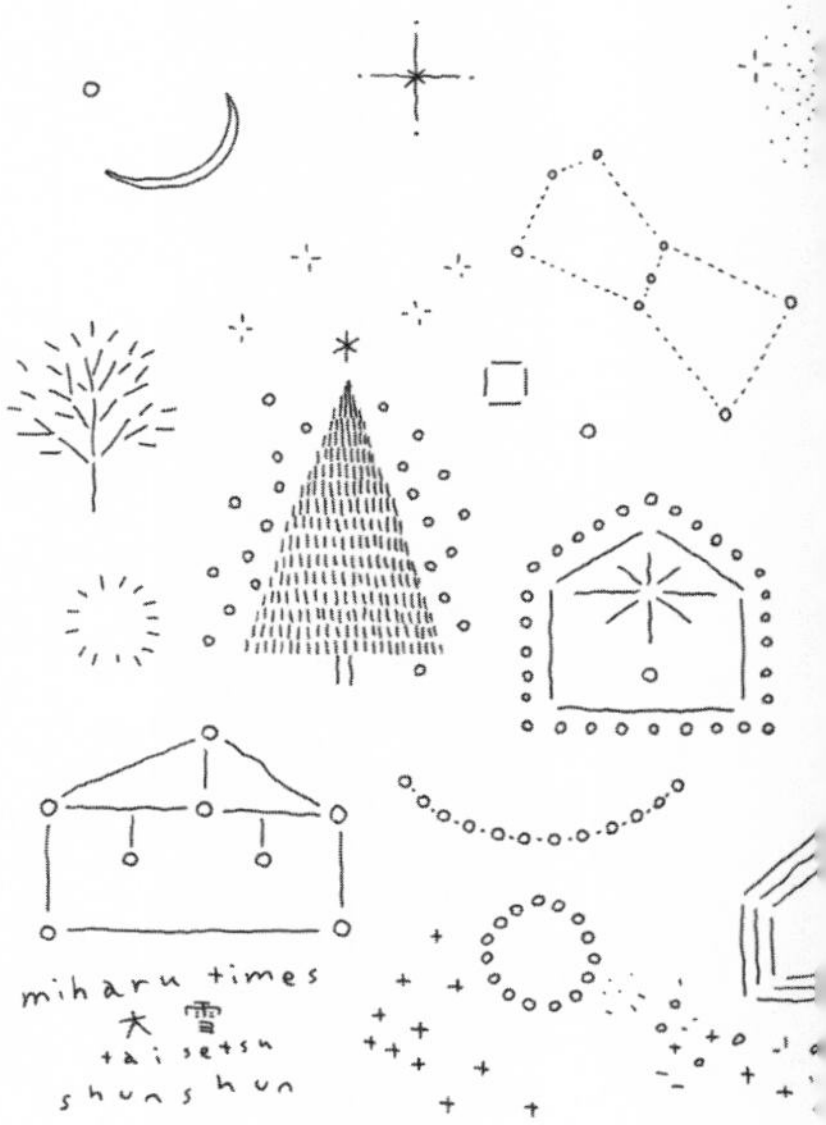
miharu times
大雪
taisetsu
shunshun

「大雪」

っている。ゆるやかな上り坂を歩いているのは私だけ。途中、チカチカとイルミネーションを灯すお宅に「お帰り〜」「お疲れさま〜」と声をかけられているようで、寒いのになんだかあったかい。

我が家はイルミネーションの飾りつけはしていなくて真っ暗だ。この時期だけでもちょっとくらい何かあかりを灯した方がいいだろうかと、あかりが点いていない我が家を見ては、そんなことが頭をよぎる。そう思うのに朝になって明るくなれば、またすっかりそのことは頭のすみへと追いやられてしまうのだ。

玄関に向かう暗い石段を上り、群青色《ぐんじょう》をした冬の夜空を見上げると、オリオン座と北斗七星のイルミネーションがくっきりと輝いていた。我が家のイルミネーションは今のところこれでいいのかもしれない。

「ただいま！」

179.

「大雪」

冬至　十二月二十一日――一月四日

商店

in-kyoの目の前にはスーパーの「ヨークベニマル」がある。お店をこの場所に決めたときに「便利だなぁ」と思っていたけれど、想像していた以上に助かっている。トイレットペーパーや電球、ゴミ袋などの備品をはじめ、夏はドリンクメニューのための氷が欠かせない。お店用の買い物だけではなく、もちろん自宅のものも。私はうっかり者なので買い忘れもしばしば。「すぐに戻ります」と書いたメモ紙を入り口のガラスの扉にペタリと貼って、道のはす向かいであるのをいいことに、安心しきって日に何度も行くことがある。

「我が家のコンビニ」密かにそう呼んでいる。何かがあったとしても心強い存在だ。三春町内には中心地から少し離れた場所にももう一軒スーパーがあるが、その一方で個人商店がまだまだ元気なことも頼もしい。

以前に住んでいた集合住宅の近くには「橋長《はしちょう》鮮魚店」という魚屋さんがあって、市場からの仕入れ帰りなのだろうか、いつも朝早くから忙しそうにお仕事をされている。ご近所のやっちゃんに教えてもらって、ここでは来客がある時などに前もって電話をしてお願いするようにしている。

「〇人で手巻き寿司をするので、お刺身盛り合わせをお任せでお願いします」

取りにうかがう頃にはすでに包みにくるまれて用意されている。自宅で包みを開くと種類も量もたっぷりと、手巻き寿司用に細長く切られた新鮮なお刺身が姿を現す。しかもお値段がお手頃でいつも驚いてしまう。家では寿司飯と海苔さえ用意しておけば、あっという間にご馳走の出来上がり。大人から子どもまでみんなに喜ばれるので、おもてなし料理は困った時の橋長さん頼みだ。

橋長さんのお隣りは三春名物おたりまんじゅうで有名な「三春昭進堂」。その昔、三春には馬の競り市場があり、その近くで構えていたお店で販売した、おたりお婆さんが作るお饅頭が話題となって「おたりまんじゅう」が生まれたのだとか。現在ではおたりまんじゅうの他にも冬限定のチョコレート饅頭や、いちご大福に桜餅、お花見団子、柏餅といった季節ごとの美味しさが揃っている。和菓子以外にもおいしいクリスマスケーキだって頼むことができるのだ。我が家では手土産にすることも多く、以前は通勤路だったから出勤前に「今日のおやつ」を自分用に買ったりもしていた。

今の家の近くにある「伊藤精肉店」へは夫が好きでよく買い物に出かけている。知人に馬刺しがおいしいと教えてもらって行くようになったのだが、馬刺しだけでなく他のお肉ももちろんおいしい。ケースに並んでいなくても、あれば塊り肉から料理に合わせて切り出してくれるのもありがたい。バーベキューの時などは、やはりおまかせで盛り合わせにしてもらっている。近くにある田村高校の生徒さんが部活帰りにここでコロッケやグルメンチ（三春名物のみじん切りのピーマンが入ったメンチカツ）を買って頬張る姿は、なんとも微笑ましい。まさにこの光景が将来まるごと彼らのソウルフードになるんだろうなぁと思うと、「君たち幸せだねぇ」などと、おせっかいおばさんは背中に向かって声をかけたくなってしまうのをグッと堪《こら》えている。

　食料品店だけでなく、in-kyoのお隣りは床屋の「理容さくま」さん。いただきものをしたり、知らないことを教えて頂いたり、いつも大変お世話になっている。反対側のお隣りの「一久屋商店」さんは荒物雑貨。竹ぼうきや雪かきスコップ、他にも日用品からお盆の際の提灯など、季節商品を扱っている。降り始めのサラッとした雪は竹ぼうきで掃くのが一番だと最初に教えて下さったのも一久屋商店の橋本さんだ。なるほど道路が凍ってしまわないうちにサササッと粉雪を難なく払うことができるのだ。さらにそのお隣りはお花の「まるおん」さん。お店に飾る花や枝ものを買いに出かけている。酒屋さんにお醤油屋さん、お茶屋さん、クリーニング店、洋服のお直し屋さん、洋品店に薬局。八百屋さん、本屋さん、写真店、種苗屋さん、パン屋さん、

184.

三春タイムズ

185.

「冬至」

お菓子屋さん、時計店、畳屋さん、布団屋さんに電気屋さん、それからそれから。

「昔は金物屋さんや荒物屋さんも何軒かあってね」

地元の方からはそんなお話を伺ったことがある。商店ではないけれど、鍛治屋さんや石屋さんの並ぶ職人横丁もin-kyoの近くにあったそうだ。当時はさぞかしいろんな音や匂いがし、城下町ならではの空気を感じる賑わいを見せていたのだろう。そして人と人とのあたたかなやりとりは、当時よりお店が減ってはいても、今も大切に受け継がれている。


私の実家も町の商店のひとつだった。もう数年前に引退したが、父は電気屋を営んでいた。決して最新の電化製品などを売る店ではなく、いわゆる町の電気屋さんだ。ご近所のお年寄りから電話があれば、電球ひとつでも届けて交換までしていたし、お盆でもお正月でも依頼があれば父は大抵は伺って修理を引き受けていた。テレビを修理している間は、お客様に自宅のテレビを貸し出してもいた。その度に実家のテレビは大型テレビが小型になったり、リモコンだったものがそうではなくなったりと、コロコロと変わるのが日常だった。

私はずいぶんと大人になるまで他所で電池や電球を買ったことがなかったから、コンビニで電球などが売られているのを見てびっくりしたものだ。

そういえば震災直後、電話がやっと繋がったときのこと。

「停電になった時の備えとか大丈夫？　電池とかはお店にあるよね？」

「電池はみんな困ってたみたいでねぇ。全部売り切れちゃったのよ。アハハ」

と、母。

「え!?　大丈夫？」

「大丈夫、大丈夫。仏壇にろうそくがたくさんあるから」

心底心配していた分、ガクンと力が抜けた。と同時にこの両親の娘で良かったとも思った。

大晦日まで仕事をし、従業員の人たちと年越しそばを食べてようやく仕事納め。大変だなぁと子どもの頃からその様子を見て知っていたので、お店は決してやるまいと思っていたというのに。父や母と同じようにはできないけれど、蛙の子は蛙。私はここでお店を続けて行く。

189.

「冬至」

小寒　一月五日――一月十九日

だるま市

三春町では毎年小正月が過ぎた頃に「三春だるま市」が行われる。これは江戸中期頃からおよそ三百年続く歴史のある新春の恒例行事となっている。三春だるまや白河だるま、町のあちこちで見かける三春駒に、縁起物や干支の張り子人形を売る露店。それらを中心に焼きそばや大判焼きなど飲食の露店が通りにずらりと並ぶ。その他にも新春らしいひょっとこ踊りや三春太鼓が披露されたり、その年を象徴する希望の一文字のお披露目もあり、町内だけではなく県外からも多くの人が訪れて華やいだ一日となる。

三春でだるまといえば、初めから両目に黒目が入り、グッと凄むような力強い眉毛をした赤ら顔の三春だるまのことを指す。形も丸というよりは縦に細長いのが特徴だ。それまで黒目が入っていない、ずんぐりむっくりの丸い姿をしたものがだるまだと思っていたから初めて見たときにはちょっとしたカルチャーショックを受けた。

幼い頃は、神棚を見上げれば大きなだるまがいつもでーんと鎮座していた。毎年新調される存在感たっぷりのだるまは、片目でこちらをギロリと睨んでいるようでどうにも苦手だった。それが三春だるまに親しみがわいたからなのか、今では苦手意識がすっかりなくなっている。

だるま市の露店の多くは三春町のお隣り、西田町高柴（旧三春藩内）にある「高柴デコ屋敷」という郷土民芸品を作る工人集落から出店されている。ちなみに「デコ」とは木彫りの人形、木偶（でく・でこ）が由来の言葉で、集落がデコ屋敷と呼ばれるようになったそうだ。

現在四軒あるうちの一軒で張り子人形を作る工人、橋本広司《はしもとひろじ》民芸十七代目の橋本広司さんのところを度々訪れるようになったのは、東京から福島へ移住することを決めた頃に夫に連れて行ってもらったことがきっかけだった。橋本広司民芸を訪ねると、だるまや干支、歌舞伎や舞踊を題材にした数々の張り子人形を見ることができる。また「高柴七福神踊り」に使われる七福神のお面や、ひょっとこやおかめのお面の張り子も並ぶ。そしてそこでは常に黙々と張り子人形を作る作業が行われているのだ。作業を見学させて頂いている合間にポツリポツリと静かに交わされる広司さんとの会話。その話に毎度のように感銘を受けていた。

「高柴七福神踊りは神様の踊りだけど、ひょっとことおかめは身分の低い庶民の踊りなんだよ。神様は天から地上を見下ろして、ひょっとこは一番低いところから天を見上げてる。低いところからはあとは上を見上げるだけ。踊っている時は俺が踊っているんじゃなくてよ、先祖代々のご先祖様たちが俺を踊らせてくれてる。だから上手くやろうなんて思わないでダメな自分になって、お面を被って自分というものをなくせば何でもできんだよ」

そう言って、それまではニコニコしながら静かに語っていた広司さんが、お面を被った途端に何かが憑依したかのようにひょっとこ踊りを踊って下さるのだった。これには毎回呆気に取られるのだけれど、まさに無我の境地。言葉の通り、目に見えない力のようなものに突き動かされているその踊りには、理屈抜きに惹きつけられてしまうのだ。

「張り子を作るのも一緒で、俺が作ってるんじゃない。ご先祖様が作らせてくれてんだ。それでもまだまだ手元に残しておきたいなぁと思えるものはできてないから毎日手を動かして作ってんだ」

これまでに広司さんが作った張り子の数はご本人も把握しきれないほどの数だろう。それでもそんな言葉がさらりと出てくるとは。単純に作った数がどうのという話ではないかもしれないけれど、積み重ねられたものと言葉の重みに思いを巡らしたため息が出る。

そんな広司さんは子どもの頃、デコ屋敷を訪れた民藝運動の重鎮たちから、

三春駒
張り子
人形

195.

「小寒」

張り子人形は「心の用を満たすもの」と言われたそうだ。家業だからと幼い頃からごくごく当たり前のように作業を手伝っていた当時の広司さんにとって、この言葉は大きな支えになったと伺った。

だるま市当日は、日に何度か「ひょっとこ祝い踊り」が披露される。広司さんはじめ、高柴デコ屋敷のひょっとこ踊りの皆さんが参加して、冬空に映える派手な衣装を身につけ、おめでたい踊りを繰り広げる。見物の人たちの笑い声や歓声、拍手。ここにあるもの、人の手だけで作られた新春の娯楽の景色は、今も江戸の昔もそれほど変わりはないのでしょう。

だるまや干支人形を、どの露店で選ぶのかは皆さんお好みで、それぞれご贔屓がある。毎年そのことを楽しみに遠方から三春へ訪れている方もいらっしゃるほど。新しくしただるまを抱えた人たちが、ニコニコと笑顔で道行く様子を眺めているだけで、寒さの中にも春の光を思わせるような多幸感に包まれる。

私は毎年橋本広司民芸の露店を覗いている。広司さんが作る張り子人形は、どれもほのぼのとした表情をしていて、だるまも見開いた目の奥にやさしさがある。手のひらに乗る背丈五センチほどのだるまは、首を少し傾けているかのように、あっちを向いたり、こっちを向いたり。ひとつひとつ丁寧に作られているのに、整えすぎないゴツゴツとした手跡が感じられる張り子にホッとする。と同時につい笑ってしまう。いくつも並ぶ中から目があった干支張り子を選ぶ。こうしてまたひとつ、心の用を満たすものが我が家にやって来る。

大寒　一月二十日――二月二日

家

「小さくて感じのいい平屋の空き家があったよ。千葉の『隠居』みたいだったよ」

　私がまだ東京に暮らしていた頃、三春で物件探しをしていた夫からそんな連絡があったのはかれこれ六年前。見つけた当初は借りることすら叶わず諦めていた平屋の家。その後も前を通るたびに「いい家だなぁ」とつぶやいていた。小さな家の背後にはケヤキの木がのびのびと育ち、気持ちよさそうに葉を風にそよがせていた。ピーチクパーチクと鳥の鳴き声が聞こえてきてなんとものどか。井戸もポンプを取り替えればまだ使えそうだし、庭には小さな物置小屋もあって、そこに漬物や味噌の桶、保存食の瓶などを並べたらさぞかしいい景色だろうと妄想ばかりが広がっていた。が、どうにも話が前に進まなかった。それが時間と物事がめぐりめぐって、今、こうして住めることになったのは、土地の神様の采配としか思えない。築七十年近くになるこぢんまりとした平屋の家は、漫画の『サザエさん』の家のようでもあり、現在は建て替えのために取り壊され姿を消した、実家の「隠居」にも似たどこか懐かしい雰囲気があった。一目見たときから夫も私もその佇まいが気に入ってしまったのだ。

実家にあった祖母が寝起きをしていた離れの平屋のことを、家族は皆、「隠居」と呼んでいた。店名の「in-kyo」は、その隠居と祖母にまつわることなどを象徴してつけたものだ。明治生まれの祖母は足腰が丈夫で、九十歳近くまで掃除や洗濯など自分のことは自分でやって、庭の草刈りや季節の仕事、ぬか漬けを漬けたりかぼちゃを煮たりといったことまでマメに体を動かして難なくこなしていた。大相撲が好きでテレビを見てはよく笑い、「私は食いしん坊ですから」という言葉の通り、体は華奢なのに食べることが大好きだった。思い返すと服装もスカートと靴下の丈のバランスの良さとか、それに合わせる前掛けの選び方とか、何かというとサササッと着ていた着物姿とかが洒落ていた。祖母とはよく口喧嘩もしたけれど、尊敬もしている。無意識にずっと背中を追っているようなところがある。祖母にもっと聞いておけば良かったなと思うあんなことやこんなこと、残そうと思わなければ残らない他愛もない日常の、でもかけがえのない大切なこと。私が今好きなもののルーツを辿ると、祖母との思い出とともに隠居の記憶が蘇るのだ。

今の家は記憶と思いを重ねるように、自分たちが気に入った外観にはできる限り手を加えずに、家の中を基礎から柱まで全て入れ替えてフルリフォームした。要となる部分は職人さんや業者の方にお願いをして、その他は自分たちで壁を塗ったり、収納棚を作ったり。古い家を壊して新築した方が、どれだけ手間と時間がかからずに済むかもわかっていながら、実験をするように自分たちの手でできる範囲の機能と住環境を整えていくことにした。

極寒の最中、体にいくつもカイロを貼り、慣れない手つきで漆喰《しっくい》を塗ったことも今ではいい思い出。細かく入ったヒビも、まだらになっている壁もご愛嬌。友人たちにもたくさん手伝ってもらったお陰で愛着もひとしおとなった。それに何かあれば相談できる大工さん、植木屋さん、薪ストーブの下に石を敷きたいと思えば石屋さんが、そして薪屋さんまで町内にいて、すぐに手配をして下さるという、そうしたひとつひとつが心強い。

年中行事や季節の手しごと、料理、庭仕事、生活の知恵や塩梅《あんばい》。祖母のように私が難なく、暮らしのいろはを自然にこなせるようになるのは一体いつのことになるのだろう。丁寧に暮らすということでも、特別なこととしてでもなく、淡々とした私の日常のこととして。祖母の時代とも、土地柄や環境も違うこの三春で、移りゆく季節の風景を咀嚼するように、じっくりと味わいながら、そのときそのときの自分たちなりの暮らしのかたちを見つけていこう。日常に慣れてしまうということではなく、立ち止まらなければ見逃し

202.

203.

「大寒」

てしまいそうな、キラキラと輝く小さな石ころを拾い上げて、手のひらの中で愛でるように。

冬の晴れた日には、高台にある家の窓から遠くに雪化粧をした安達太良山がくっきりと見える。空気がキーンと冷たく澄んでいるお陰で、どの季節よりも山が近くに感じられることが嬉しい。三春タイムズで取り上げるニュースは、こうした取るに足らない、でも残してずっと眺めておきたい一枚の写真のようなものなのかもしれない。

205.

「大寒」

ブーランジュリー カヌレ
城山公園
三春小学校
三春城跡
(明徳門)
藩講所表門
桜川
田村大元神社
資料館
長獅子
えすぺり
三春昭進堂
ピーナッツ
ポトリ…。
えすぺり
八十内
かもん
桜
常楽院
しだれ桜

三春タイムズMAP　近郊

三春町は福島県のほぼ中央部、郡山市から東へ9km、
阿武隈山地の西すそに位置しています。
東京からは、東北新幹線で郡山駅へ。
郡山駅からはJR磐越東線で二駅で三春駅に到着。

in-kyoまでなら三春駅から徒歩で15～20分。
滝桜までは、桜の季節は臨時バスが運行されます。

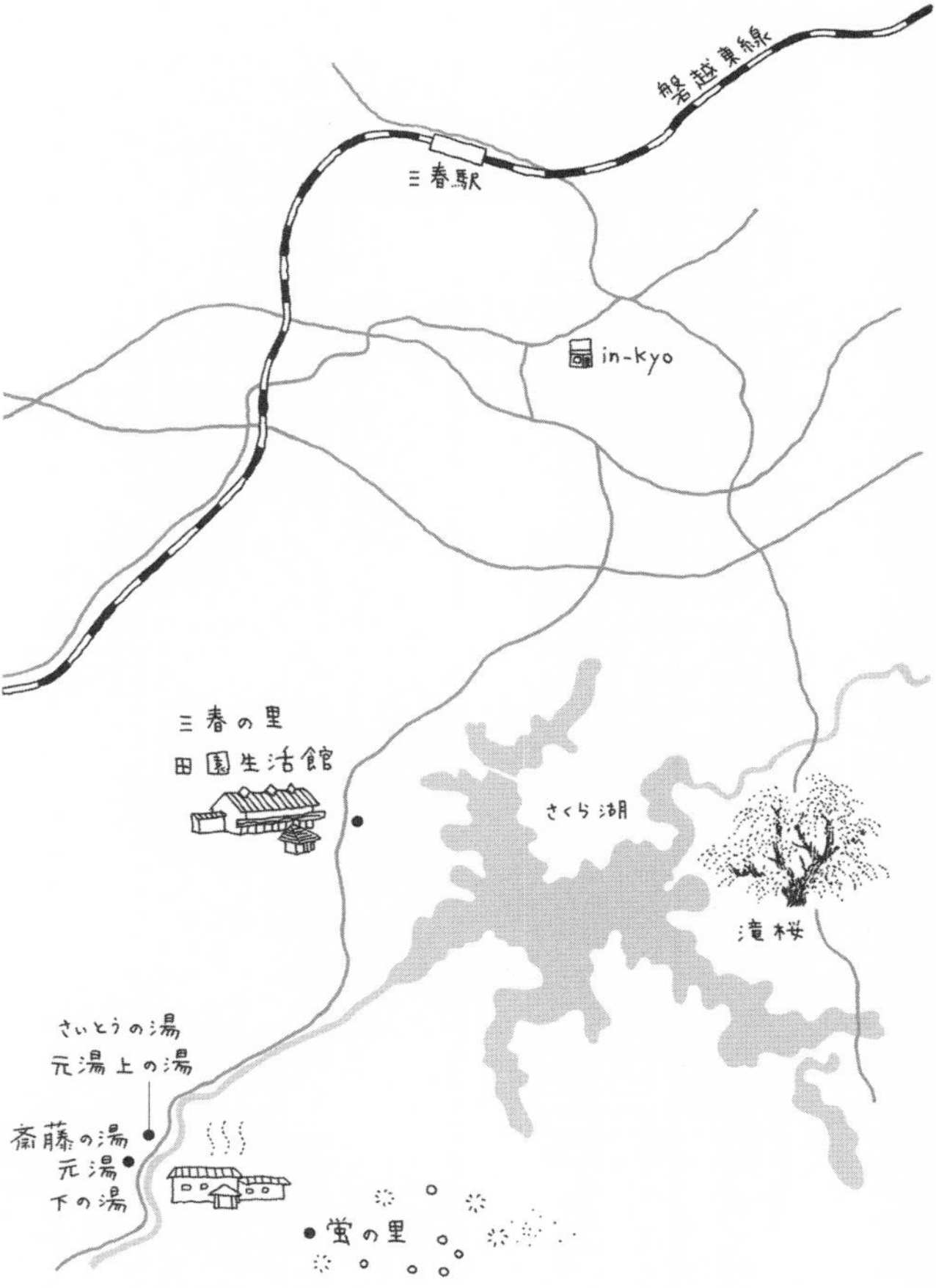

三春タイムズMAP　広域

あとがき

私が三春へ移住をした二〇一六年。その年にはるばる広島から素描家のshunshunが訪ねて来てくれたことがありました。その二年後には、田村大元神社の例大祭の日と個展開催期間がちょうど重なって、長獅子や三匹獅子の舞を一緒に観ることができました。はじめはshunshunに三春の地図を描いて欲しいと思っていたものの、月日が流れていくうちに地図と出来事を重ねたエッセイマップのようなものができないだろうかと想像を膨らませるようになったのが、この『三春タイムズ』の原型です。

そんな相談をしておきながら一向に具体的な動きを見せない私に、「二十四節気の暦の流れに沿って、noteで始めてみてはどうでしょう？」とshunshunが提案してくれたことで、地図のような二十四節気エッセイはnoteで動き始めることができたのです。毎回、私が書いた原稿を送って、その文章から広がるイメージをもとにshunshunが絵を描いてくれました。私からは参考になりそうな画像などを送ることはあっても、何を描いて欲しいと言ったことは一度もありません。往復書簡のように返事を待って、送られてくる絵を最初に見ることができたのはこの上ない贅沢なことでした。単色のペンで描かれた絵だというのに、そこからは鮮やかな色や、匂い、心地よい光や風、鳥の鳴き声や音楽までもが感じられるのです。

「いつか本という手触りのあるかたちにしたい」というそんな思いを叶えて下さったのは、私が本に関わる仕事をしたり、東京でin-kyoをはじめるきっかけをつくって下さった信陽堂の丹治史彦さんと井上美佳さん。お二人が三春にいらして下さったのも二〇一六年。八幡神社のお祭りの日で、私もまだ見たことがない乾漆でできた狛犬を町の人に見せてもらったと伺いました。noteをはじめてすぐに嬉しい感想をいただいたことは、続けていく上で大きな支えとなりました。

そして美しく品のある本の姿にして下さったデザイナーのサイトヲヒデユキさん。そういえばサイトヲさんも同じ年に三春にいらして愛宕神社へお参りに行かれていましたね。細やかなチェックに余念がない中、束《つか》見本を手にして「可憐だなぁ」とつぶやいていたサイトヲさんの嬉しそうな顔が忘れられません。美しさの中に親しみも感じられるのは、そんな部分からかもしれません。こうして三春にいらした事がある方々と、この本を一緒につくる事ができたのはとても幸せな事でした。

そもそも私たち夫婦が三春町で五年の月日を過ごす中で、町の人たちとの交流にさらなる奥行きを与えてくれたのは、ご近所の方々をはじめ、お店に足を運んで下さった方々でした。また若松屋旅館の幕田勝浩さんとの出会いが大きかったのだと思っています。幕田さんとの出会いは、三春町と縁の深い写真家の岩根愛さんが、町の集まりに私たちを誘ってくれたことがはじまりで、昨日のことのように思い出されます。よく飲んで笑って喋った楽しい時間でした。心から感謝しております。

本を手にして下さった皆様にもお礼を申し上げます。機会がありましたら三春町へぜひ。空想散策へはどうぞいつでもいらして下さい。

最後に『三春タイムズ』の名付け親であり、三春での暮らしを共におもしろおかしく過ごしてくれている夫に、そして愛猫スイとモクにもありがとうを。

この先も季節のニュース『三春タイムズ』をお届けできるように、心を澄ませて日々を送りたい思います。

二〇二一年　一年のはじまりの立春の日に

長谷川ちえ

長谷川ちえ　Chie Hasegawa

永く使いたい器と生活道具の店〈in-kyo〉店主、エッセイスト
2007年、東京・蔵前のアノニマ・スタジオの一角にて店を始め、商品の販売のみならず展示とワークショップ、試食会などを組み合わせて作家と作り出されるものの魅力を伝えてきた。
2016年、福島県三春町への転居にともない店も移転、現在にいたる。
著書に『おいしいコーヒーをいれるために』（メディアファクトリー）、『ものづきあい』『器と暮らす』（ともに、アノニマ・スタジオ）、『まよいながら、ゆれながら』（mille books）、『春夏秋冬のたしなみごと』（PHP研究所）、『むだを省く　暮らしのものさし』（朝日新聞出版）がある。

in-kyo
963-7766　福島県田村郡三春町中町9
営業時間　10時から17時
定休日　火曜日、水曜日、木曜日
https://in-kyo.net/

素描家　shunshun

高知生まれ、東京育ち。大学で建築を学び、建築設計の仕事を経て、絵の道へ。2012年春に千葉から広島へ移住。
書籍・広告のイラストレーションのほか、全国各地で個展も開催。
1本の極細ペンが生みだすフリーハンドの線が写しとった世界には独特の広がりと温かみがあり、高く評価されている。
画集『drawings I』、『DRAWINGS II』や、素描集『主の糸 三十六の素描の旅』、『二十四節気暦』のカレンダーなどを、すべて一人で企画・意匠・制作している。

本書は2020年立春から2021年大寒まで、ウェブサイトnoteに「三春タイムズ」として連載されたものを構成・編集しました。

参考文献『三春町史　第6巻　民俗』（三春町、昭和55年）

造本装幀　サイトヲヒデユキ（書肆サイコロ）
印刷進行　藤原章次（藤原印刷）
校正　猪熊良子
編集　信陽堂編集室

三春タイムズ

2021年3月29日　第1刷発行

著者　長谷川ちえ／文
shunshun／絵

発行者　丹治史彦
発行所　信陽堂
〒113-0022
東京都文京区千駄木3-51-10
電話　03-6321-9835
books@shinyodo.net
https://shinyodo.net/

表紙印刷・加工　有限会社 日光堂　有限会社 コスモテック
印刷　藤原印刷 株式会社
製本　株式会社 松岳社

ISBN978-4-910387-01-7 C0095

定価　本体2,000円＋税

背中をそっと温める手のぬくもり
遠くからあなたを見守る眼差し
いつもはげましてくれる友だちの言葉
小さな声でしか伝えられないこと
本とは
人のいとなみからあふれた何ごとかを
はこぶための器